...quero mais é que se danem!

Mario Lorenzi

...quero mais é que se danem!

Estação Liberdade

Copyright © 2009 by Mario Lorenzi

Preparação	Antonio Carlos Soares
Revisão	Huendel Viana
Composição	B.D. Miranda
Ilustração de capa	Ugo Ugolini, s/título, 1996
Imagem do autor	Heloisa Willemsens Conceição
Editores	Angel Bojadsen e Edilberto F. Verza

CIP-BRASIL. CATALOGAÇÃO-NA-FONTE
Sindicato Nacional dos Editores de Livros, RJ.

L868q
 Lorenzi, Mario, 1926-
  ...quero mais é que se danem! / Mario Lorenzi. – São Paulo : Estação Liberdade, 2009.

  ISBN 978-85-7448-175-3

  1. Italianos – Brasil – Ficção. 2. Imigrantes – Brasil – Ficção. 3. Romance brasileiro. I. Título.

 09-5468.   CDD: 869.93
                                         CDU: 821.134.3(81)-3

Todos os direitos reservados à

Editora Estação Liberdade Ltda.
Rua Dona Elisa, 116 | 01155-030 | São Paulo-SP
Tel.: (11) 3661 2881 | Fax: (11) 3825 4239
www.estacaoliberdade.com.br

Para Heloisa

Realidade, imaginação, lembranças confusas ou indeléveis, amores, amizades, guerra, paz, leituras, viagens, aventuras, tudo cria memória, que vamos interpretando e expressando em novos contextos e palavras. Escrevo o que me vem à mente, por simples vontade de fazê-lo, às vezes até voltando a textos já publicados, se achar que cabem. Há pessoas reais atrás dos personagens que descrevo, meus amigos quase sempre sabem quem são. Mas toda referência ou semelhança com tempos, gente, lugares ou acontecimentos reais só pode ser fortuita e involuntária.

M. L.
São Paulo, abril de 2009

I

Setembro de 2007.

Atrasado, o Aristide.

Fim de tarde, trânsito impossível. Apesar da delicada renda melódica que uma deliciosa soprano francesa tecia da *Canção dos pássaros* de Offenbach na rádio Cultura, ele estava tão zangado que mal percebia o dia lindo de primavera antecipada, as árvores e os canteiros floridos, as pessoas caminhando dóceis nas calçadas coloridas pelas pétalas que a brisa fazia chover dos ipês roxos e amarelos.

Ruas compactas de carros inúteis, xingou o presidente realizador da visão do Santo.

— Já que estava gastando o que não tínhamos, tivesse também fomentado o desenvolvimento de metrôs, ferrovias, hidrovias, cabotagem, em lugar de vender o país ao pneu motorizado; estaríamos mais livres, com mais tempo para as flores, os pássaros, os amigos, o pôr do sol, teatro, cinema, música, livros, arte... — pensava.

Et coetera.

Aristide detesta chegar atrasado, se sente culpado porque sabe que seu amigo Romeo o espera ansioso, mas sobretudo por trair os pertinazes ensinamentos da mãe, que tinha a mania de querer que se comportasse como um inglês, porque "se um dia fosse convidado a tomar chá com a rainha da Inglaterra", todas as mães do tempo da sua infância a tinham, como se os ingleses fossem todos pontuais; conheceu alguns que não eram nem um pouco, mas vivemos de *images d'Épinal*: todo alemão come chucrute, italiano toca bandolim, francês come rã, espanhol é toureiro, brasileiro joga bola, polonês se embriaga, mexicano é bandoleiro...

Aristide vai para os 82, Romeo navega seus 83 numa cadeira de rodas: cabeças lúcidas, olham adiante.

— Seguimos o caminho das estrelas.
— E da razão crítica.
Pois não.

São amigos desde sempre, brigam serenamente desde que se encontraram, no crescendo normal entre duas pessoas que foram se conhecendo e afinando sua capacidade de diária e reciprocamente se provocarem, se encherem o saco, se perdoarem, para recomeçar no dia seguinte seu passatempo dialético preferido, mas sem a virulência viperina dos dois velhos rabujentos daquele conhecido filme.

Aristide transmitiu ao amigo seu mau humor, solidariedade negativa, este pega o gancho:

— A cidade cresceu péssima — diz. — Tornou-se monstro incontrolável e ilimitável. Esforça-se para se afirmar como a maior, a mega, a mais rica, a mais isto e aquilo. Como a maioria da sua classe dominante, condicionada pelas origens, ostentadora, alienada à miséria que foi e vai criando e mina sua segurança. Ridícula de esnobismo improvável, na tentativa de disfarçar a falta desde sempre de visão social da cidade, cujas carências lhe explodem na cara a cada dia.

Mais *et coetera*.

Imitando Von Stroheim enfadado, faz um sinal de nojo com a mão e continua:

— Babélica. A cidade, digo: desordenada, irregular, violenta, perigosa. Contrastes insuportáveis, nenhuma harmonia: todas as artes e vulgaridade grotesca; riqueza ostensiva e miséria abominável; progresso notável e atraso imperdoável; medicina de ponta, abandono e violência endêmica; imponentes edifícios modernos e favelas arcaicas convivem tragicamente. Dominada e corroída pelos carros e seus solitários, neuróticos e agressivos ocupantes.

Não são suficientes os esforços dos artistas que trataram e tratam de civilizá-la com a arte pública, Maria Bonomi e tantos outros; como os monumentos e os chafarizes, ela é deteriorada, depredada, sujada.

A indiferença dos paulistanos à convivência cívica, a divinização do automóvel, o desprezo pela lei — este é o único país do mundo onde se aceita tranquilamente que haja leis que pegam e leis que não —, fazem da cidade um *teatro do caótico*, um palco para a hipocrisia.

Somos incapazes de fazer da lei a nossa norma suprema, a adaptamos conforme as circunstâncias ditadas pela hierarquia, o poder, seja ele qual for, ou a falta dele. Nisso, todo o racional virou pecado; o absurdo, a regra; a piedade, careta;

a esperteza, uma virtude; o dinheiro, a justificação suprema; a ética, sinal de fraqueza; a autojustificação, a rotina.

São todas causas de a cidade permanecer hostil, agredir ou se esconder, não se oferecer a quem a habita, que tem que achar nela motivos, aspectos, razões para poder vivê-la, gostar dela.

Agora que Romeo está zangado, *transfer* psicológico, Aristide esquece o trânsito, mas o outro segue:

— Quando cheguei, há mais de cinco décadas, a cidade era uma agradável capital periférica. Fizeram dela a que mais crescia no mundo, não souberam pará-la apesar dos avisos, foi violentada, deturpada pela especulação desvairada do capitalismo selvagem surgido das entranhas da escravidão. Seus habitantes se comportam com a fria indiferença de um exército de ocupação. Falta-lhes o que os gregos tinham, identidade com a cidade, vontade de ser parte dela, noção política da vida em comum.

Pausa.

Romeo é armênio, nasceu em Londres, foi ainda menino para a Itália, terra de Aristide, e se integrou; Aristide já nem sabe mais se definir a não ser como cidadão do mundo. Os dois se entendem quando metem o pau nos seus dois países: a bota, adotivo para um, de origem para o segundo; e este daqui, definitivo para ambos. Que ambos amam, mas, como é normal: *qui aime bien, châtie bien*.

A bota: milenar, mas ainda Estado sem nação, diz um jornalista do qual esqueceu o nome.

— Carlo Levi intitula seu livro sobre a Itália *Le mille patrie* — precisa Aristide. — Cento e trinta e sete anos de unidade política não foram suficientes para unificá-la, até Mussolini, e era ditador, a definiu como ingovernável!

Resmungam a respeito da atualidade modorrenta da cidadezinha na qual se encontraram adolescentes. A visitam religiosamente todo ano, e tratam de coincidir ao menos alguns dias para observarem juntos sua queda, dos esplendores cosmopolitas do fim do século XIX e início do XX para o sono pequeno burguês que a acometeu no pós-guerra, e foi se agravando sem chance de que dele acorde. Compartindo-as, amenizam a saudade do passado e a decepção do presente.

— As mutações antropológicas ocorridas — sentencia Romeo — quebraram a harmonia das chamadas *pequenas pátrias*, dilacerando a antiga estreita relação entre natureza e história, que constituía seu encanto. Aos *viajantes* interessados e dispostos a dedicar tempo e curiosidade ao que iam vendo nas suas viagens pelo mundo, sucederam os *turistas*, apressados e superficiais. Viajam levando consigo o que deixam, e levam de volta o que só olham e não observam, satisfeitos de reencontrá-lo nas fotografias obsessivamente tiradas, com eles próprios ou amigos tapando com frequência boa parte do secundário templo, monumento, vista, panorama, agora definido *visual*. Religiosamente reunidas em DVDs ou álbuns, que os convidados são vitimados a ver depois do jantar; os mais prudentes fogem como diabos da cruz dos convites de amigos didáticos de volta de viagens turísticas.

O outro país é este, o do futuro, ao qual aportaram jovens, depois da Segunda Guerra Mundial, que criticam por vê-lo aquém do que vale e deveria ser.

As lembranças de Romeo e Aristide vêm sendo apagadas pela morte dos amigos de infância e adolescência, inevitável esvair-se da possibilidade de encontrar com quem perder horas na estéril comparação dos *nossos tempos* com os atuais. Os interlocutores disponíveis estão felizes e satisfeitos com seu presente televisivo, e concentrados nas patéticas ambições de sucesso local, resumido em ter mais do que o vizinho, numa escala social cada vez menos baseada em valores e mais no dinheiro e na sua ostentação.

— Doença universal — decreta Aristide. Romeo aprova.

Consolação: ambos ainda falam dialeto — para os eventuais leitores curiosos há um apêndice com um glossário comparativo no final —, com palavras que já não se usam, a não ser nas aldeias dos vales ainda não domesticadas pela língua oficial, nas quais os dois se refugiam para reencontrar sons, cheiros e sabores antigos, defesa ante a compactação global.

Na infância, Aristide falava o dialeto das suas três *origens*: o *ventemiusu* de Ventimiglia, o *burdigotu* de Bordighera e o *seburquin* de Seborga; a mãe incitou-o a falá-los. "É a sua cultura", dizia, "mas ai de você se falar italiano com acento dialetal". Mais tarde, no ginásio, acrescentou aos três o *sanremascu* de San Remo. Quatro cidades a um palmo de distância uma da outra, e assim mesmo com falas e sotaques diferentes: a pizza, há nome mais universal? Bem, a pizza em San Remo é chamada *sardenaira*;

em Bordighera, *pixiará*; em Ventimiglia, *pixiadela*. Em Menton, já na França, mas a outro palmo de distância, é *pissaladière*! Deu para entender?

"O uso do dialeto nos faz sentir a espessura do tempo", escreveu Francesco Biamonti, seu conterrâneo e amigo escritor; ele afirma que o dialeto define cada um *dali*, diferente dos vizinhos; faz de cada lugar um ninho cultural próprio, possuidor de um *genius loci* específico. Claro que isso, até não há muito tempo, causava brigas em cada baile de celebração do santo local, proporcionalmente piores do que as que acontecem hoje nos jogos São Paulo *x* Corinthians.

As comunas, nascidas no século X, e as *signorie*, que lhes sucederam, preservaram os idiomas locais falados pelo povo. A gente comum das aldeias e das cidades, grandes ou pequenas, era capaz de se expressar com precisão num idioma só dela, rico o suficiente para indicar e definir qualquer elemento da vida, e preservar a sabedoria.

— Nós, os lígures — conclui Aristide —, somos de uma terra sovina e exigente, mais vertical do que plana, tem que ser contida em terraços para ser cultivada; nossos antepassados o conseguiram desde há milênios, mesmo onde ela é mais pedras do que terra. Um poeta disse: "Na solaridade mediterrânea, a obra do homem corrige corajosamente a milenar escultura do mar, do céu e do vento na rocha." A vemos agora abandonada e deturpada, como o são antigos valores na sociedade atual: oliveiras fenícias heroicas e tristes, não mais generosas das cores que o percurso do sol faz mutantes do prateado ao verde fundo das suas folhas;

muretas caídas que ninguém mais reergue, homens cansados ou preguiçosos as desertam. Só a giesta espinhosa, que Leopardi cantou[1], ilumina nossos vales de manchas amarelas entre contortos esqueletos, num paraíso que morre, assim mesmo merecedor de saudades e retornos. Fomos definidos grudados ao pedregulho e aos rochedos das nossas praias como lapas, ou andantes que fazem do mundo sua casa, voltam regularmente ao pago, nada os separa dele, a saudade e a decepção se renovando a cada viagem, a primeira se sobrepondo à segunda assim que o deixamos. E termina sorrindo.

— Sempre.

Desculpe o eventual leitor o longo arroubo histórico-linguístico, mas só os alienados não têm necessidade de contar sobre sua terra, que contém sua história.

Elas nos fizeram quem somos, frente a nós mesmos e aos outros. Fazem-nos respirar o antes, o agora e o depois, unir a saudade, o entusiasmo e a esperança.

Bobagens, dizem alguns, e se perdem num concreto imediato, que levam pesadamente consigo dia após dia, sem que se torne memória, bagagem e guia para o futuro.

---

1. "Tuoi cespi solitari intorno spargi,/ Odorata ginestra,/ Contenta dei deserti. Anco ti vidi/ De' tuoi steli abbellir l'erme contrade."

II

*A*RISTIDE ME VISITA *todos os dias às seis da tarde. Aos sábados e domingos, Leonardo, meu sobrinho, o substitui e lê para mim os clássicos da literatura. Trabalho alternado de equipe levado muito a sério.*

Aristide conta histórias feito um griot, *um daqueles* mandingas *ou* peuls *da África Ocidental, conhecedores da saga dos seus povos, depositários da sua memória coletiva, dos quais se diz que cada vez que um morre leva consigo uma biblioteca.*

Fala sempre de si em terceira pessoa, por timidez, discrição? Ou porque é cada vez mais difícil se expressar em primeira pessoa, e tão mais fácil se esconder atrás da terceira, como fosse uma coluna de onde você pode espiar e olhar sem ser visto?

Leonardo tem 22 anos, herdou as qualidades dos antepassados: inteligente, sólido e expansivo; parece impossível, "gosta de estar com dois velhos chatos", assim afirma nas horas que nos dedica, deixando tênis, garotas e, mais importante, a militância comunitária de quase médico dedicado aos favelados.

Diz a nós, dois velhos, que o fazemos sentir-se querido. Ou será porque somos, na cabeça, jovens como ele?

☙

— Isso apesar das gerações mais velhas — diz o *griot* — recusarmos levar as culpas do século que morreu e deste que acaba de nascer, do declínio da razão no inferno da história, pesadelo de mortes, escombros, cinzas. As novas gerações, para sobreviver a estes dias absurdos, se deixaram fascinar pelo avanço avassalador de um processo modernizador seletivo, cínico.

Seja o que for, dos jovens é bom pegar o que dão sem pedir mais, especialmente nesta época de pouca generosidade entre gerações: os jovens acham os velhos múmias atrasadas e incompetentes; os velhos acham os jovens barulhentos, ignorantes e presunçosos.

Os velhos tiveram longas noites e dias lentos, feitos de so-nhos, pensamentos e debates; os jovens têm vazio interior e projetos e desejos materiais satisfeitos, ou perseguidos com raiva.

Polêmico o desencontro, não há dialética que o acalme. O tempo, talvez.

☙

Garotos, mil novecentos e trinta e algo, Aristide e eu nos conhecemos numa quadra de tênis abandonada e adap-

tada para basquete, no até então clube britânico da cidade, confiscado quando a Itália invadiu a Abissínia e a Sociedade das Nações — o equivalente, antes da Segunda Guerra Mundial, da ONU *— lhe impôs sanções, e os* brits *desertaram esse seu* fancy spot *que era a nossa cidadezinha, cujo clima estranhamente tropical os inebriava de cheiros e cores exóticos, os encantava com flores e sabores mediterrâneos, fazia-os esquecer o* smog *londrino e os fantasmas de seus castelos.*

Eu estava batendo uma bola contra a parede da casa que limitava a quadra do lado da rua, Aristide apareceu, sem trocar palavra joguei-lhe a bola nos pés, ele chutou forte e alto para o outro lado, a bola foi milagrosamente se enfiar na cesta, nem tocou nas bordas, ficamos os dois de boca aberta, ele a fechou para dizer "ô belin!"*, eu,* "belin que cü!"*, expressões adequadas ao excepcional acontecimento, equivalentes, no dialeto de lá, aos nossos* "porra!" *e* "que puta sorte!"*.*

Tal surpreendente feito nos revelou predestinados pelos deuses — ainda acreditávamos neles — a uma definitiva e longa amizade, à qual, apesar de algumas brigas homéricas, nos mantivemos fiéis.

Estávamos na idade em que se tomava a água ferruginosa da fonte da praça sem perigo de dores de barriga, e vivia-se com os joelhos esfolados — não se usavam protetores — pelas quedas durante as corridas de patins pelas ruas mais escarpadas da cidade, quase não havia carros circulando; tempos idos, ainda se levava bronca por chegar atrasado a almoço e jantar, que juntavam as famílias ao redor da mesa.

Pois é.

Naquele nosso tempo, na Itália, estudar, mesmo no primário ou no colegial, significava seis horas por dia de aula, sábado incluído, duas de deveres de casa, exercícios ginásticos aos sábados à tarde, desfiles vestidos militarmente de palhaços funéreos no mínimo uma vez por mês, estes sim um saco. Supunha-se que fôssemos os futuros guerreiros conquistadores, capazes de levar pelo mundo as defuntas glórias imperiais de Roma, renovadas pelas camisas negras do fascismo.

Os resultados, todos conhecem.

Nossos anos de ginásio coincidiram com o início da Segunda Guerra Mundial. A professora de ciências e geografia era fascista roxa, digo, negra, tinha organizado uma visita das suas classes ao consulado alemão, tais iniciativas sendo estimuladas de cima, qual meio de sensibilizar e predispor a rapaziada ao fatal aproximar-se da aliança guerreira entre o Duce e o Führer, este já em plena ação, o outro fremente de desejo dela participar.

Aproveitamos a inevitável confusão provocada por uma centena de selvagens de entre dez e quinze anos amontoados em três salões para derrubar vasos, retratos de família, cinzeiros e demais objetos alcançáveis, tudo isso pedindo desculpas esfarrapadas, enfrentando com sorrisos hipócritas os olhares ferozes e assassinos dos donos da casa e de suas secretárias e ajudantes e, na saída, a fria repreenda da itálica walkíria científico-geográfica, e suas ameaças de nos massacrar com notas infernais, no sentido de perdidas na profundidade do abaixo de zero.

Tivemos um único defensor: o professor de inglês, meu xará, siciliano, ex-emigrado nos Estados Unidos; tinha sido boxeador e carregador no porto de Nova York, fatalmente gregário da máfia para sobreviver naquele mundo, apesar disso antifascista.

Levou o restante dos seus colegas a considerar que, afinal, os alemães nunca estiveram entre os vizinhos preferidos dos italianos, desde a invasão da Sicília pelos Hohenstaufen no século XII, argumento que um mínimo de análise psico-histórica do próprio deplorável acontecimento na casa do cônsul confirmava, disse, além de outros argumentos similares de retórica definitiva e peso equivalente.

Fomos absolvidos, triunfo político que celebramos, apesar da feroz bronca das famílias, que anteviam o que viria mais tarde, a polícia registrava tudo.

Quatro anos depois, dois dos ex-invasores salvariam a pele do professor metido a guerrilheiro, apesar da pança que lhe atrapalhava a velocidade, carregando-o no ombro, ferido, montes acima, depois de uma batalha na qual os alemães mataram dezenas de companheiros.

Detalhe: durante todo o percurso, posto que não usava seu fôlego, deu-lhes uma aula de inglês, seria útil depois da libertação, dizia.

Pode?

❧

Aristide viu Romeo sentado como sempre na cadeira de rodas, não reparou que estava dormindo, berrou ao adentrar o jardim: "E aí, como vai, velho leão!?", sua saudação habitual o acordou, quem sabe estava sonhando, pareceu chateado, mas logo sorriu e devolveu o costumeiro alegre abraço de boas-vindas.

O frescor do fim do dia anunciava o frio da noite, Aristide ajudou Romeo a voltar à sala — sua cadeira de rodas é elétrica, mas adora ser levado, tardia preguiça infantil — e a sentar na sua poltrona preferida.

Depois do descanso pós-meridiano, espera pelo amigo ou pelo neto, quer que administrem essa operação de complicada logística, durante a qual lhes conta da noite quase sempre mal dormida, cheia de sonhos e pesadelos, e da manhã passada nas mãos hábeis de Bárbara, a linda esteticista e fisioterapeuta, que, imaginam o amigo e o sobrinho, o faz nostalgicamente pensar no passado.

Leonardo estuda medicina, e tem aparecido de vez em quando nos dias que não lhe tocam, cumprimenta, senta numa poltrona e fica ouvindo. Aristide imagina que ele queira conhecer seu passado através da história dos dois velhos, entender a diferença entre as duas gerações, distantes milênios compactados em poucas dezenas de anos, desde que os gringos inventaram o marketing, seus sufocantes e consumísticos derivados, e a eletrônica substituiu as cordas vocais pelos dedos.

Pode ser.

Intelectualmente curioso, como toda pessoa inteligente, não se conforma com o que vê e sabe; percebe que para ser sujeito do presente há que aceitar ser objeto do passado. Um antigo provérbio africano reza: "Se você não sabe aonde vai, ao menos saiba de onde vem." Cícero disse que... já sabem. Não? Bem, que a história é a luz da verdade, a vida da memória, a mestra da vida, a mensageira da sabedoria dos antigos; Cícero, hoje, falaria ao deserto.

Nos dias de primavera, quando a temperatura é ideal, definida por um sol cheio de ternura pelos mortais, e pela brisa que ainda não foi sufocada pelo verão, o rito acontece no jardim à *sombra da tarde*, debaixo de uma figueira cujas raízes répteis parecem querer abraçá-los.

— É no jardim que a vida mostra seu pérpetuo mudar e nós, humanos, colocamos à prova nossa sensibilidade frente à natureza — diz Romeo —, ao que dela vai restando — resmunga.

Nessas ocasiões é inevitável esticar o tempo além das oito para um leve jantar, ao qual é difícil se subtrair, a adega do Romeo tem apreciáveis atrativos, que Maria sabe pôr num marco gastronômico digno, apesar de improvisado. Os mosquitos são oportunamente afastados com a instalação de braseiros alimentados a incenso e outro ingrediente exótico descoberto pela própria.

Alternativa ao jardim, o terraço do apartamento no décimo oitavo andar, no qual vive na época das chuvas. É circundado por um terraço cheio de vasos multicoloridos com plantas de várias espécies, alamandas e primaveras alegram as paredes, apesar do vento, que lá em cima amiúde sopra violento. Romeo o destina também aos amigos do mundo inteiro que vêm visitá-lo. Também convida os locais.

— Para aperitivos panorâmicos — diz —, a vista dá sobre uma praça arborizada e boa parte do lado sul da cidade.

Falta o mar, mas o sol, ao se pôr, quase sempre avermelhado, brinca de esconde-esconde atrás dos espigões, até explodir num último brilho triunfal, deixando por instantes no céu as últimas estrias verdes, amarelas, roxas, brancas, que o vento nas alturas pinta esfiapando as nuvens.

Está incluído no aperitivo.

III

B*árbara chegou como de costume às nove: drenagem linfática, ordem do cardiologista. É linda e simpática, Bárbara, morena, olhos azuis. A massagem é agradável, me deixa sonolento.*
Descanso e devaneio até as onze e meia.
Dia ensolarado, azul e amarelo, hoje.
Maria empurra minha cadeira de rodas, ao adentrar o jardim o perfume de terra úmida de orvalho, que na sombra o sol ainda não secou, me envolve e alegra.
Gosto de dedicar à leitura as horas maduras da manhã; ultimamente volto aos autores do meu canto: Giovanni Ruffini, Italo Calvino, Francesco Biamonti, Nico Orengo, Guido Seborga.
Estou relendo uma vez mais A trilha dos ninhos de aranhas *do segundo, o maior deles. Conta a resistência na nossa região, conheci alguns dos personagens.*
O rádio da sala acompanha as lembranças que a leitura suscita com um quarteto de Haydn, aquele do qual foi extraído o hino nacional alemão; será influência do texto de Calvino, o fato é que o trecho que inspirou a letra "Deutschland,

Deutschland über alles in der Welt" *me incomoda, tanto mais que me vem à mente seu complemento nazista:* "Heute gehört uns Deutschland, morgen die ganze Welt."[2]

Mudo de estação: Mozart, sempre bem-vindo, por Friedrich Gulda ainda melhor; li que Schönberg o definia como a continuação da grande tradição de pianistas como Schnabel e Backhaus. Para mim era, além disso, o grande artista que, depois do concerto no Municipal, vinha sem cerimônias comer espaguete na minha casa, ainda sem móveis, sentado no chão, antes de ir tocar jazz no L'Amiral com os irmãos Pés. Já contei.

Pinko, meu cachorro, que costuma dormir a maior parte do dia stravaccato *(gosto de usar certos termos do meu vernáculo original que não têm equivalente em outros idiomas) em qualquer superfície fofa onde ele se encontra, com ar de já estar farto da humanidade, hoje é excepcionalmente ativo, caça formigas. Desfaz cruelmente as filas de operárias que vão e vêm na avenida de duas pistas que traçaram de um buraco abaixo do muro do vizinho da direita a outro do da esquerda. Inteligentes, atravessam o jardim na grama, o percurso é mais comprido, mas evita os canteiros nos quais Placêncio, o jardineiro, semeia veneno em todos os buracos que encontra.*

Tenho experiência histórica com formigas. Essas daí, pequeninas, pretas roxiças, lá na minha terra são chamadas argentinas porque chegaram a Gênova, no fim do século XIX, a bordo de um cargueiro de grãos proveniente de Buenos Aires. Pacientes e perseverantes, superando torrentes, vales e

---

2. "Alemanha, Alemanha, acima de tudo, acima de tudo no mundo/ Hoje a Alemanha nos pertence; amanhã, o mundo todo."

montanhas, em cinquenta anos avançaram até a fronteira francesa causando desastres, devorando tudo o que se lhes apresentava pela frente.

Meu avô Stefano me contou a epopeia desses hymenópteros. Esse avô seguro, tranquilo, camponês iluminado, foi meu mestre, me fez entender o prazer de aprender ouvindo e perguntando. Era o oposto do paterno, árido, rude, autoritário. Verdade que este pouco frequentei, creio que haveria de aprender muito com ele também, mas seu jeito me afastava.

Percebo que estou sorrindo: morreram ambos aos 81, já tenho 83, será que sei mais do que eles sabiam? Soube, sei, passar isso adiante, como fizeram comigo? Será que isso interessa a alguém?

Falei a Maria da sanha de Pinko, ficou com raiva dele. Esperou ver o cachorro num momento de atividade destrutiva, pegou-o pelo pescoço e lhe deu uma boa surra. Apesar de ele rosnar e mostrar os dentes, manteve seu focinho bem perto das coitadas, para que entendesse de que se tratava; o bicho foi embora com lamentosos caim, caim, caim, se refugiou num canto do jardim, ficou calado, humilhado, mas curado da sua feroz mania. A partir desse dia é comum vê-lo estendido no chão, perpendicular à avenida formiguenta, o focinho deitado sobre as patas dianteiras, observando os bichinhos, consciente da ruindade de seus impulsos nazistas; parece conversar com eles, talvez lhe dizem oi ao passar.

O aperitivo, gorgonzola fresco passado em ciabatta *quentinha, regado a Chardonnay, e o almoço que o segue interrompem minhas elucubrações entomológicas: presunto e figos,* farfalle *ao molho de tomate com parmesão ralado na hora, milanesa de costeleta de vitela com purê de batatas, salada verde, torta de maçã com sorvete, um bom Chianti ao longo do percurso, café, um copinho de grapa. Nada exótico, tudo bem familiar e tradicional.*

Sou um velho glutão, penso ter vinte anos, meu estômago e meu fígado pensam o contrário, minha sesta foi agitada por um sonho estranho.

O, Ele, O-que-sempre-existiu-existe-e-existirá, o Eterno, a Entidade Suprema, etc., paro por aqui, estava de péssimo humor, ia pra cá e pra lá chutando nuvens, falando ao universo.

Havia dedicado alguns bilênios (suponho que, se são milênios para mil anos, devem ser bilênios para bilhões) a galáxias longe da nossa, e esquecido essa merdinha de planeta que seus habitantes apelidam de Terra, micróbios ridículos que inventaram os que chamam de deuses, absurdo que Ele não pode admitir, onde já se viu, e nem que fosse um, paciência, poderia entender que quisessem simbolizá-lo, mas centenas, digo, milhares desses deuses, espalhados em toda a superfície dessa melancia, um mais estranho do que o outro; o pior é que acham que cada um deles é O absoluto, e cada bando quer destruir os demais em nome do próprio.

Muito tempo antes, Ele havia decidido dar uma lição aos ditos micróbios sabidos e metidos e acabara com continentes inteiros.

Não foi suficiente.

Tempos depois destruiu os dinossauros.
Nada.
Dilúvio universal. Neca. Agora se encheu de vez, manifestou-se geral: terremotos, tsunamis, derretimento de geleiras, epidemias variadas, guerras estúpidas, líderes mais estúpidos ainda, massacres sem razão, crises financeiras absurdas, miséria e fome, violência urbana e periférica, é só olhar a TV.
Nada também.
Já viu que vai ficando pior, porque o medo do futuro vai fazê-los inventarem mais desses... deuses.
Sorte, constatou, surgiu um movimento mais acentuado de incrédulos, relativistas, agnósticos e ateus, já é alguma coisa; esses ao menos não O macaqueiam, O ignoram ou, quando muito, O imaginam de um nível suportável, não Lhe atribuem aspectos, intenções, posturas, decisões francamente inaceitáveis.
E patéticas.
Puto, O.
E como.

O sonho iria se tornar interessante, essa intimidade com Deus acariciava meu ego, mas o berro do Aristide me acordou e sacudiu minha memória imediata, de modo que só lembrei dele à noite. O alegre "E aí, como vai, velho leão!?", da primeira vez que Aristide veio me ver depois do acidente, havia-se tornado habitual, cada vez em tonalidade mais elevada: entusiasmo. Ou saudade. Vá saber.
Meu amigo me ajudou a voltar à sala e a passar da cadeira de rodas para minha poltrona preferida, sentou na do lado

em sentido contrário formando um comunicativo love seat, *e começou logo a contar, enquanto Maria lhe servia vinho branco seco, Chardonnay, ou um Alvarinho do qual ele gosta; nunca faltam em casa, compensação merecida ao contador oficial de causos, dele, de seus amigos, histórias verídicas e não, memória e fantasia viajam juntas.*

Neste viver que não nos deixa sair do agora, do imediato, nesta cidade que nos amarra ao presente, gosto que meu amigo me faça voltar ao passado, consolo pelo futuro incerto de minha aventura neste planeta.

Quanto ao sonho, qual bom ateu estranhei ter dado ao O uma chance de existir, será que subconscientemente alimento resquícios dos ensinamentos de frei Atanásio?

Ainda não falei desse personagem essencial, já vem aí, aguardem.

IV

M EU AMIGO CHEGOU *com duas garrafas de Chardonnay, um ramo de flores para Maria e dois livros para mim. Leonardo, logo depois, abraços, sentou calado.*

Aristide, com o assunto do dia programado, engata logo.

❦

Foi um de meus mentores, chamava-se Serguei Ter Gevorkian, armênio. Chegara em 45. Logo depois da guerra, a cidade atraíra alguns dos seus antigos frequentadores, iludidos de achá-la igual e reencontrar nela seu próprio passado.

No Bar do Esporte a turma se reunia para jogar bilhar. Dia de calor, Aristide entrou para tomar um refresco, numa cadeira havia um guarda-chuva abandonado.

— É de um velho cavalheiro, acho que cliente do hotel Jolanda — disse o barman.

— Fica a caminho de minha casa, se quiser vou entregá-lo.

Foi.

Dia seguinte toca a campainha um velho senhor, quer "agradecer ao jovem que gentilmente havia trazido seu guarda-chuva", é alto, cordial, cabeça imponente, rosto amplo e alongado, nariz dominante, olhar azul, curioso e benevolente.

Começaram assim longos passeios pós-meridianos na estrada das colinas que coroam a cidade, três, quatro vezes por semana, as conversas alternadas com pausas para silenciosas observações do reflexo ofuscante do sol no mar, de estanhas nuvens ninhadas pelo vento acima das montanhas francesas. Ou pela explosão de roxos, vermelhos e amarelos que o pôr do sol mistura na ponta do Cap Martin, ou pelas mimosas opulentas que se debruçam sobre a estrada.

Vez por outra passa uma das carruagens puxadas pelos cavalos lustrosos dos três cocheiros perenemente disponíveis em frente à estação da estrada de ferro, a passo na subida, a trote na descida, que se alternam no transporte dos hóspedes ilustres das *ville*, agora fechadas. A guerra afastou uns e outros definitivamente.

Aristide não cansa de ouvir desse homem, ao mesmo tempo comum e excepcional, histórias extraordinárias de quem viu muito, andando pelo mundo com a facilidade dos inúmeros idiomas que fala.

Pouco a pouco, a solidão do velho cavalheiro de quase noventa anos, e sua confiança no rapaz, atento e curioso, fazem com que seu contar se torne mais preciso, íntimo e fascinante.

Filho de um grande e rico industrial, a Revolução de Outubro o surpreende em Moscou, diferentemente do pai, já instalado na Suíça.

O comissário soviético que o interroga tem a sua idade:

— O senhor é livre para sair do país, mas é ainda jovem, por que não fica para ajudar a revolução? É uma chance única de mudar sua vida, trabalhar para algo novo, um mundo novo.

Dá a ele 48 horas para pensar, horas de reflexão, medo, dúvidas, compartilhadas com a esposa, apreensiva pelo futuro dos dois filhos pequenos.

No encontro seguinte, o comissário o convence a ficar para dirigir, como funcionário do novo Estado, suas próprias fábricas, expropriadas pelo governo.

Parece-lhe absurdo, mas algo lhe diz que deve fazê-lo, as últimas palavras do comissário o convencem:

— Faça pela Rússia, ela é eterna.

Aceita e trabalha, viaja e gere corajosamente as ex-suas fábricas, naquelas condições precárias e dramáticas.

A guerra civil que sucedeu à revolução acaba, Lenin morre, Stalin se afirma, Serguei é convocado pelo mesmo comissário:

— Me ouça bem, o senhor deve sair do país dentro de 48 horas. Se ficar, acabará se tornando um contrarrevolucionário.

Serguei fica chocado, trata de argumentar, o comissário o interrompe:

— O senhor agora não me entende, mas, por favor, acredite em mim, por favor — repete.

Raiva, desilusão, desconcerto, frustração, pensava ter agido com lealdade, se acusa de ingenuidade, expulsado com duas malas por pessoa...

O comissário lhe repete que é melhor assim, lhe entrega uma carta para *uma pessoa que deverá ver em Zurique*, é para lá que Serguei vai, o pai dele está lá. Ele não quer mais ouvir, está irritado, não quer nem pode entender, pensa que zombaram dele durante anos, fica ofendido, magoado.

Encontro na estação dos trens que vão ao oeste, para a entrega dos passaportes na hora da saída, nem um minuto antes.

Recusa a mão que o comissário lhe oferece, sobe bruscamente no vagão, nem vê que o homem espera o trem sair e lhe faz um sinal de adeus com a mão.

A viagem será longa, Serguei olha pela janela seu país passar e desaparecer, esconde seus sentimentos da esposa e dos dois filhos, mas os quatro sabem que nunca mais poderão voltar, a tristeza os une por um bom trecho, num já nostálgico silêncio.

Passam meses.

Um dia a carta do comissário, talvez voluntariamente esquecida, lhe vem às mãos, decide ir ver seu misterioso destinatário.

Pequena firma num banal edifício da velha Zurique. Entra de má vontade, é recebido por um russo sorridente.

— Há tempo o espero, camarada — diz, mas ao ver a careta dele se corrige —, prefere talvez que o trate de senhor?

Não responde, recusa o convite para sentar, o outro entende e aceita a atmosfera glacial que cria o ressentimento e as suspeitas do visitante, não insiste, limita-se a lhe entregar um cartão de visitas.

— Por favor, telefone e vá visitar esta pessoa, também o espera há tempo — o endereço é de um banco suíço.

Não responde, faz um sinal de cabeça, despede-se ríspido como entrou.

Serguei pensa ainda uns dias, finalmente liga, vai, é acolhido por um também sorridente cavalheiro, o qual, depois das saudações usuais, entrega-lhe um envelope, que Serguei abre com fastio; dentro há um formulário do banco, nele lê um número de conta corrente em seu nome e um saldo apreciável, não entende, surpreso, gagueja uma pergunta incompreensível.

Seu interlocutor lhe sugere que leia o outro bilhete que está no envelope, procura-o mecanicamente, reza: "Obrigado pelo que fez por seu país." Assinam as iniciais do tal comissário, do qual Serguei recusara a mão na estação de Moscou.

Ele lhe a dará em 1943, quando voltará à União Soviética para lutar na defesa do seu país contra a invasão nazista, e o comissário o receberá já no uniforme de oficial do Exército Vermelho, que Serguei também vestirá, apesar de não compartilhar do regime.

Leonardo e eu permanecemos em silêncio, sabemos que haverá mais, a Rússia exerce sobre meu amigo uma estranha fascinação.

— Conheci alguns russos — seguiu Aristide depois de uma pausa e um gole — loucos maravilhosos, já escrevi sobre eles, acho que são ao mesmo tempo terríveis e adoráveis. — Ele os enumera: — Tchekonov, acabou pedreiro na nossa cidade, mas ainda conseguia tocar os Noturnos de Chopin, apesar das mãos deformadas pelo trabalho. Era antissoviético, mas nunca havia aderido ao fascismo. Foi fuzilado no dia 25 de abril de 45, poucas horas depois do fim da guerra, por um grupo de guerrilheiros de fora da cidade, não conseguimos salvá-lo.

Uma pausa.

— Dmitri Galitzin, o príncipe dançarino, *danseur mondain*, como se dizia então, olhos azuis com passado tártaro na corte. Convocado para ser intérprete da Armada italiana que ia para a frente russa, exigiu uma declaração pela qual não deveria levar armas: "Poderei ser morto por um soviético, mas nunca matarei um russo!", explicava. Tinha uma pistola belga Walter 6.35, que me deu antes de partir.

Aristide medita, segue:

— E o conde Ignatiev, sobre o qual Hollywood fez um filme, com Charles Boyer e Irene Dunne. Fugido durante a revolução, o conde é o único depositário da assinatura do czar junto ao Banco da Inglaterra. "Com esse dinheiro poderíamos explorar diretamente o petróleo, que de outro modo teremos que ceder aos ingleses", lhe diz outro comissário, que o segue há tempos na França. Também hesita, reflete, a realidade é que não há mais czar nem império, finalmente aceita e transfere os fundos para a União Soviética. A divisa de Ignatiev é "Tudo pela Rússia", para ele também os regimes passam, mas a mãe Rússia é eterna.

Aristide nos olha para ver nossa reação, conclui:

— Também o conde Ignatiev volta para lutar contra os nazistas, e morre, não lembro bem se coronel ou general do Exército Vermelho. Russos... — suspira.

Leonardo interveio:

— *Li que existe um Michel Ignatiev, biógrafo de Isaiah Berlin, descendente de figuras históricas, entre os quais Mikhail Kutuzov, o marechal herói que venceu Napoleão, personagem de* Guerra e paz, *de Tolstói. O pai dele foi ministro da Educação antes da revolução russa, e seu tio foi um dos generais mais condecorados do Exército Vermelho. Talvez seja o que você mencionou.*

Paramos por aí, o assunto flutuou no ar.

A Walter de Dmitri teve uso. Nos primeiros tempos, a Resistência não tinha armas; Aristide descia à cidade de noite para pegar aquelas coletadas pelo responsável local do Comitê de Libertação.

A primeira vez, no meio do caminho, percebeu que alguém vinha ao seu encontro, parou, lhe pareceu ver um homem em uniforme com um fuzil a tiracolo, só podia ser um fascista, devia haver uma patrulha, nunca iam sozinhos, já controlavam a região.

Ele se protegeu atrás de uma oliveira, sacou a Walter, encostou no tronco esperando.

O outro deve ter percebido que alguém estava perto, parou também berrando "Quem está aí?". Aristide reconheceu a voz de um companheiro, respondeu sou eu e seu nome de guerra, o outro o xingou "Vá se catar", se aproximaram rindo, com esse uniforme quase te meto um tiro!

Teria sido difícil, constatou mais tarde, a arma estava sem balas, era a primeira vez que a levava, esquecera de carregá-la!

Mas noutra ocasião foi salvadora. Os ingleses começaram a enviar armas por avião, chegavam de paraquedas pequenas metralhadoras Sten, que enguiçavam com facilidade.

Ao se separar dos companheiros, para dividir uma patrulha de brigadas negras que os perseguia, Aristide ficou isolado com um deles no seu alcance, caiu, a Sten não funcionou... A Walter fez o serviço, conseguiu se safar.

A devolveu a Dmitri no fim da guerra.

V

*A*RISTIDE E EU FOMOS *da antiga turma de frei Atanásio, pároco da matriz nos anos 40, franciscano, grande, gordo atarracado, bonachão, sempre de bom humor, mas seu rosto rosado e bochechudo escondia um caráter decidido.*

Cheirava a limpo, contrariamente a seu acólito frei Bernardo, que tinha pouca simpatia pela água, menos ainda pelo sabão, mas muita pelo vinho e seus derivados. Bebia, o jovem frei, não todos os dias, só quando se apresentavam oportunidades que nunca recusava por pura generosidade e humildade franciscanas, não iria ofender um paroquiano.

Suspeita-se que bebesse o vinho da missa, ninguém comprovou ou, se o fez, calou por solidariedade cristã.

Frei Atanásio exercia sua autoridade espiritual e temporal sobre uma turma relativamente inquieta de uns trinta marmanjos e outras tantas garotas, que o consideravam um bom tio, ao qual poderiam recorrer até sem se confessar, pois não tomava muito a sério os pecados que poderiam cometer nessa idade.

Acreditava que o tamanho do pecado é proporcional à importância que se lhe dá dentro e fora do confessionário, e que Deus tem coisas mais importantes das quais cuidar, os tempos eram decididamente difíceis.

Não ia se preocupar com a masturbação, praticada furiosamente pelos afobados e com alguma variante rítmica de precoce refinamento erótico — quem sabe até com a ocasional cumplicidade de alguma das meninas, nos limites consentidos e com a devida progressiva reciprocidade — pelos que, mais tarde, viriam a ser amantes perceptivos, inventivos e delicados.

A parte obscura dessa fase de confusa ansiedade sexual, e de suas possíveis posteriores revelações, era reservada a um tal de seu Ermínio, Sciú Minhu *no dialeto local, cavalheiro barrigudinho de certa idade, discreto e misterioso, dono de uma mansão na colina, à qual alguns rapazes recorriam para fazer grana com fugazes prestações manuais, assim afirmavam.*

Ou a um tal professor — dava cursos de recuperação aos escolares —, que avançava circunspecto a mão boba da coxa ao pinto deles, com tensa e inquieta tolerância da suposta vítima, comovida pelo despertar das primeiras sensações de masculinidade.

Entre os marmanjos, além de nós dois, sui generis, *estavam: Alberto, sonhador; Arturo, que gostava de ópera, destoava de doer o ouvido, mas conhecia todas as árias verdianas mais populares, as cantarolava até alguém calá-lo; Artemio, com suas fantasias; Giancarlo e Rinaldo, com seus complicados problemas familiares; Tommaso, apelidado Toto, misterioso e mestre de bom senso; Athos, e sua tranquila loucura; Riccardo, o mais normal, se assim pode-se definir um bom pianista de jazz politizado; Simone, dito Giola, misteriosa definição talvez floreal; e também Cazzone, pelo pinto extraordinário que lhe valeu mais tarde enorme sucesso com as putas da Villa Rosa, notório bordel da região. Desde criança inquieto, depois marinheiro e guerrilheiro, finalmente anarquista de múltiplo uso nas posteriores atividades políticas, nas quais se distinguiria contra as variadas ditaduras subtropicais latino-americanas. Queria fuzilar cinco banqueiros antes de morrer; com o desastre que o mundo compartilha, multiplicaria esse número no mínimo por cem. Tendo em conta a participação da grana deles nas várias libertadoras, teria bons motivos pessoais: conheceu os porões de três ditaduras, que lhe valeram permanentes dores nas costas, uma bala numa perna e dois dedos da mão esquerda perdidos.*

Formávamos um grupo definido e solidário, que se confrontava no esporte, mas também no clássico desafio de quem mijava mais longe, modalidade na qual Toto era imbatível, conseguia escrever seu nome completo no asfalto.

Jogávamos futebol nas ruas — hoje seria chamado de street football, *imaginem o mico para quem assim o definisse então —, no qual cada um se identificava com o Pelé da época, Meazza, Piola ou Rosetta que fosse, e tênis, reservado aos que podiam ostentar origem burguesa anglicizada, automática e espontaneamente esquecida ao se juntar ao bando.*

Entre as meninas sobressaía Tina. Chefa do gineceu, tocava piano, desenhava, mas também era boa de basquete. Era linda de uma beleza forte, como certos anjos nas esculturas e pinturas do Cinquecento. Suportava com prudente malícia inevitáveis amassos improvisados nas coxias durante os ensaios da peça bissexual A classe dos burros, *tradicional sucesso anual de Aristide no papel principal, para os entendidos o de Massinelli.*

⚜

O que o bom frei opinaria dos tempos atuais não vem ao caso, mas seria interessante ouvi-lo, dado o vernáculo que empregaria, nada condizente com a sua condição e missão de ministro da santa mãe Igreja Católica Apostólica Romana.

Entre nós havia ricos e pobres, isso não fazia diferença nem na paróquia nem na rua, que era o crisol no qual se fundiam alegre companheirismo e democracia, apesar do fascismo dominante. Aristide revê cada rosto dos que, como ele, viviam a idade certa, sem essa mixagem de gostos de adultos imposta agora a crianças e adolescentes pelo marketing da moda, aliás *fashion*, que fabrica pequenos monstros ridículos obcecados pelas grifes, papagaios ansiosos, como as mães deles, por futuras passarelas e BBBs, cujas capacidade e extensão de expressão, além de limitada, agride a semântica, violenta a gramática e reinventa a ortografia.

Ia-se à escola para aprender, educação era ensinada em casa.

A sociedade fazia seus cidadãos e vice-versa. Uma sociedade incapaz de formar cidadãos apodrece.

Os professores eram respeitados e queridos: a de ciências convidava os piores a sua casa para ajudá-los; a de matemática, ao contrário, convidava os melhores para tomar chá aos sábados; a de literatura era uma maravilhosa louca que sabia injetar nas nossas mentes o milagre da imaginação e da poesia, e o amor pelos livros.

Em lugar de chatas sessões de catecismo, supostamente inspiradoras de elevados sentimentos, frei Atanásio estimulava a garotada a debater sobre a vida dos santos escrita por bons autores.

Dos santos, relevava a filosofia mais do que a mística, exaltava o lado humano deles e dizia:

— Jesus Cristo foi homem *e* filho de Deus.

Aristide suspeita que frei Atanásio tivesse mais dúvidas do que ele começava a ter.

Também sabia transmitir alegria, o bom frei, e adivinhar quando alguém tinha problemas na escola ou broncas dos pais, e dar uma mão para que o interessado os resolvesse por si, ajudá-lo a desenvolver sua personalidade e seu caráter.

Aristide, súdito exemplar desse representante local de Sua Santidade, o papa, servia missa, tocava os sinos, cantava no coro, organizava o teatro da paróquia, jogava bola no time da própria, etc e tal.

Até os catorze anos e meio.

Aí, como muitos da sua idade, resolveu sua crise mística de maneira radical, abandonou a religião e a paróquia, começou a frequentar a célula clandestina local do Partido Comunista, no qual entraria mais tarde, e decidiu que se

Deus existe é coisa dele se manifestar, conceito impróprio para um menino de frei Atanásio, tal como afirmar — ó blasfêmia — que o mundo, que se supõe que Ele tenha criado, se tornou o que é porque o Dito deve estar amiúde bêbado ou distraído.

Frei Atanásio bem que tratou de convencer o rapaz a não deixar o caminho da fé, permanecer no seio da Igreja, seguir fiel à tradição familiar... Mal sabia, o caro frei, que Aristide havia saído dos trilhos nos quais queria mantê-lo graças à tibieza da fé da *senhora sua mãe*, como o frei a definia, de acordo com a moda da época; ao socialismo dos tios; à influência das perniciosas aulas de história do avô, que dedicava particular atenção a episódios exemplares, como a revolta dos escravos romanos liderados pelo trácio Espártaco e crucificados por Crasso, e as revoluções francesa e russa; aos contos e ensinamentos do tio-avô Santino, anarquista revolucionário, que os complementava, com devido destaque para os autores que levaram a Bakunin, Marx, Hegel e a Vladimir Ilyich Ulyanov, também conhecido por Lenin, a Leon Trotsky, e a Iossif Vissarionovitch Djugashvili, este mais famoso como Stalin.

E, o que era pior, lhe mostrava com orgulho os retratos dos três últimos nos marcos dependurados no seu escritório — Che Guevara ainda não havia nascido, do contrário estaria lá também —, o que denotava sua pouca ortodoxia com relação à teoria política e à mítica ex-pátria do socialismo, nunca implantado, menos ainda o comunismo, moldada pelo último do trio; mas essa é outra história.

Aristide só foi momentaneamente distraído do seu élan revolucionário pelo encontro apaixonado e arrasador com uma loura incandescente dez anos mais velha, amenizado pelo concomitante encantamento — eram os anos 40-42 — por Greta Garbo no filme *Ninotchka* e por Alida Valli em *Addio Kira*, que lhe traziam a Rússia da revolução, não importa se num viés crítico da própria.

Coisas de inquieto adolescente da época.

O fato é que, nessa fase de confusão ideológica-sexual-sentimental, passou a gostar de muitas coisas proibidas e começou a jogar.

Pôquer.

Coisa feia, particularmente se em companhia de gente mais experiente, safada e perigosa.

Perdeu o que não tinha nem podia juntar, problema insolúvel, a não ser por intervenção divina. E quem representava na Terra o Ente Supremo capaz de socorrê-lo? Frei Atanásio.

Certo.

Não hesitou, foi vê-lo numa hora em que sabia que estaria meditando — ou cochilando — na saleta cheia de livros, que lhe era reservada ao lado da sacristia da matriz; frei Atanásio, furibundo leitor, transmitia seu amor à garotada, a qual, ainda não distraída pelas mil necessidades inúteis criadas hoje, dedicava-se, além de ao esporte, à leitura, à música e a conversar sobre de tudo um pouco, inclusive política, vejam só.

Muitos anos depois, Aristide conheceu frei Giorgio Callegari e reviu nele frei Atanásio. Um franciscano, o outro dominicano, ambos lutaram pelas mesmas boas causas.

— É na pureza da alma desses dois seres autênticos — afirmava — que posso entender a fé, qual instrumento de exaltação mística das criaturas de um Deus humanizado no Cristo revolucionário.

Aristide acha que esses dois, com o tio Santino, formaram um trio extraordinário em sua vida.

Desse tio tão especial mandou ampliar uma velha fotografia: rosto de profeta laico ressecado feito ameixa pelo cigarro, e pela raiva assassina, que continha, mas conservava acesa, contra "tudo o que oprime, corrompe e mata a humanidade no ser humano".

Atrás dele veem-se, dependuradas na parede, lembranças que trouxe de suas aventuras ibéricas: um manifesto de exaltada chamada à defesa de Madri; outro de uma corrida de touros; um painel de fotografias dele em diversas poses, sozinho ou com companheiros de luta; um quadro no qual grudou seu passaporte falso, uma medalha ganha por heroísmo, e a fotografia de uma moça levantando a bandeira negra e vermelha da anarquia, uma das tantas combatentes anônimas torturadas, fuziladas e esquecidas.

Um bilhete encontrado na roupa de uma delas, morta a seu lado combatendo, o tio preservou e colou ao lado da fotografia. Reza: "Que mi nombre desconocido no se borre en la historia, cuenten nuestro silencio."

VI

*S*ORVIDO O PRIMEIRO GOLE, *Aristide sempre sorri, é um homem feliz, em tudo e todos acha algo bom, positivo, apesar de manter alerta seu sentido crítico. Seus maus humores não duram mais de três minutos — simples: não se preocupa com o insignificante e o impossível. Me faz bem ter ao meu lado alguém assim. Sabe sonhar sem perder o sentido da realidade.*

Percorre sua vida, associando-lhe a dos que nela interferiram ou ainda dela participam, como se fosse um longo passeio, sem se preocupar muito em saber onde acabará, importante é o percurso, como dizem os chineses.

Vai contando conforme o grau de interesse que lê no meu rosto, como se faz com crianças.

Leonardo sabe pouco da sua linhagem armênia, apenas de seu tataravô Jossip ter nascido em Erevan, em 1878, com a Armênia ainda sob a dominação do Império Otomano; a história de Mikhail despertou seu interesse.

Como acontece nas famílias de emigrantes que querem esquecer seu passado, e ajudar seus filhos a se integrar ao país no qual se refugiaram, nunca contaram ao rapaz que Jossip, prevendo o futuro, enviara o filho Mikhail para estudar em Londres, onde o irmão já estava estabelecido, salvando assim o menino da repressão que os turcos iniciariam em 1915, da qual ele e sua família seriam vítimas.

Mikhail teve um filho, eu. Meu pai era ator, gostava de Shakespeare, o amante de Verona era um dos seus papéis preferidos, me batizou Romeo. Morreu com minha mãe durante a Segunda Guerra Mundial, num bombardeio aéreo a caminho da Itália, para onde muito antes me enviara com meu irmão Andrew — já se haviam anglicizado, ao menos no nome de um filho — para a casa de amigos, esperando salvar-nos assim da nova guerra que previa, na época a Itália parecia ter escolhido a neutralidade.

Emigrei depois da Segunda Guerra Mundial, em uma das vezes que voltei a minha cidade trouxe Leonardo para morar comigo e segui o costume; sabia o que custa adaptar-se a um novo país, pouco falei do passado trágico da minha gente, e assim havia feito Arno, meu filho, pai de Leonardo.

O presente exige toda a atenção para sobreviver, vencer. A memória pode limitar, criar insatisfações, convém não abarrotá-la com saudades definidas, deixar mais espaço para o que ajuda a adormecer sorrindo.

As manhãs sempre foram favoráveis aos meus devaneios. Afasto muito lentamente a preguiça matinal para que a realidade tarde a se impor aos sonhos. O início do dia deixa plena liberdade à imaginação, afasta minha situação incômoda; o relógio parece querer ajudar e estica os minutos.

Mas a doença obriga a pensar em si mesmo, cria um muro, no interior do qual você está sozinho; os médicos, os amigos, não interferem nesse seu diálogo com você mesmo, a vida e a morte. Hoje não pude evitar de pensar no meu suicídio.

❦

Há muito Aristide sabe que Romeo quer se suicidar, o acidente o deixou mal, não é do tipo de suportar limitações físicas, foi bom atleta, grande caminhante, dançava bem; quando frequentava gafieiras cariocas, o negrão do lado o observava sorrindo e lhe dizia: "Ô branquela, até que tu é bom, porra!" Definitivo certificado de cidadania.

Foi brutal: um cretino, bêbado, levou consigo dois inocentes, massacrou outros três, entre os quais Romeo, e se espatifou contra mais cinco com seu caminhãozinho — fazem questão de chamar isso de picape, *importado*, especificou a nossa ridícula imprensa, sempre impressionada pelo detalhe.

Bom que morreu, o idiota, era réu primário, estaria esperando o processo em liberdade — situação específica do direito local para banqueiros, filhos de juízes, desembargadores e graúdos —, com mais possibilidade de multiplicar suas vítimas.

Así es la cosa, e seguirá sendo enquanto existirem imbecis que serpenteiam à vontade pelas ruas sem usar pisca-pisca, irresponsáveis que guiam embriagados, delinquentes que não respeitam limites de velocidade e normas de trânsito, inconscientes que se desafiam em rachas, pedestres suicidas, estúpidos que consideram tudo isso frescuras; todos filhos de corno, categoria inventada pelo Alberto, como veremos mais adiante, que inova o vernáculo para definir esses e outros equivalentes tipos de gente.

Ernest Renan escreveu que a estupidez é a única coisa que nos dá a ideia da eternidade; Einstein, que "só duas coisas são infinitas: o universo e a estupidez humana, e não estou seguro da primeira". Eduardo Torres arrematou: "O homem não se conforma em ser o animal mais estúpido da Criação, vai além, se permite o luxo de ser o único ridículo." Um provérbio italiano diz: "A mãe dos imbecis está sempre grávida." Triste.

Aristide consegue distrair o amigo, mas não do suicídio, a respeito do qual o obriga a falar, a imaginar o depois dos que ficam, sobretudo do Leonardo, que só tem ele e, apesar da idade, do esporte, das garotas, dos ideais, ainda depende dele, único elo com um passado que não conhece e deixa incompleto seu presente.

Parece ser inútil.

— Quero a serena quietude do nada, vencer do meu jeito — diz Romeo com ar de mistério.

A única maneira de nos apropriarmos da vida que não pedimos é imaginar que podemos destruí-la suicidando-nos. Não a pedimos e até somos às vezes instrumento ignaro e passivo de motivações que nos excluem.

— Me trouxeram ao mundo — diz Aristide ao rapaz — porque meu pai queria dar um herdeiro a meu avô, que o reclamava; e minha mãe, ficar bem com o marido e frente à sociedade e às amigas — "como não tinha filhos aos 27 anos!?". — Todas razões tradicionais que comigo pouco tiveram a ver.

Contou-lhe do amigo de infância Giancarlo. Os pais o atormentavam e humilhavam, sobretudo o comparavam constantemente ao irmão menor, Rinaldo, um safado hipócrita, puxa-saco dos pais, ruim desde pequeno; adolescente piorou, mais tarde se tornou um assassino, o irmãozinho ideal.

— Giancarlo suicidou-se aos vinte anos. Esperou um dia em que os pais e o irmão menor saíssem de férias, o pessoal de serviço também, só ficaria o guarda na casinha ao lado da entrada. Tocou fogo na mansão antes de se matar.

A fumaça e as chamas alertaram o guarda e a população, os vizinhos observaram impotentes as labaredas, a raiva com a qual consumiam a casa, a cacofonia dos sons, rumores, rangidos, lamentos, murmúrios de quantos diferentes materiais o fogo devorava no seu caminho. Os bombeiros chegaram tarde.

Ninguém ouviu o tiro.

No enterro, os pais e o irmão ficaram isolados, ninguém se aproximou deles.

— Faltou coragem para viver? Sobrou coragem para morrer? — perguntou Leonardo.

Não esperou resposta, ninguém poderia dar, quem morre suicida não deixa resposta, quando muito algum lacônico adeus.

— Nosso desejo é não sentir o hálito da morte na nuca — disse finalmente Romeo. — Queremos que venha sem avisar e seja breve, como a visita de uma pessoa da qual já sabemos tudo, e não precisamos nem queremos que se delongue em preâmbulos. Os suicidas nunca falam dela; se o fazem, tratam-na como fosse uma velha conhecida que um dia convidarão para o último café no bar da esquina.

VII

*E*STOU ESPERANDO *ARISTIDE com ansiedade, me ajuda a aguardar o dia em que me matarei, que sinto cada vez mais perto.*

Ele sabe que estou cansado de viver, seus esforços me comovem, ainda não entendi se é consciente do fato de que não adianta, ou se realmente espera tirar essa ideia da minha cabeça, que por sinal está às vezes muito confusa, como meu pesadelo desta noite.

Surgiu quando apaguei a luz, acho que já adormeci com ele, continuou mesmo nas fases em que estava semiacordado e seguia sempre que voltava a adormecer, assim a noite toda.

Começou num restaurante no qual a havia levado minha mulher e um casal de amigos, que foi se transformando numa cantina, numa gruta, num buraco, de repente estávamos todos na porta, os amigos esvaíram-se no ar, eu não tinha carro, pedi a minha mulher que esperasse ao lado do porteiro, este se tornou um mendicante leproso que puxava lasca da sua pele e a fumava em rolo, corri apavorado para a rua vizinha arrastando minha mulher, que tropeçava em cima de saltos de trinta centímetros e gritava de medo no meu ouvido, a larguei num banco imaginário para que me esperasse, não encontrava táxi, me afastei dali, mas o bairro já não era mais aquele, a cidade tinha mudado, eu era mais velho e andava de bengala, havia um parque para atravessar, tive medo de deixar minha mulher sozinha mais tempo, quis voltar mas não encontrei o caminho, um cachorro verde fazia xixi na minha perna andando, apareceram três mal-encarados que me empurraram, caí, me roubaram a bengala, o cachorro agora iluminava com o rabo a escuridão que tinha engolido tudo, eu estava sobre uma bola de futebol e não conseguia me manter em equilíbrio, apareceu uma menina que me pegou pela mão, mas percebi que era um estranho ser com um bico de falcão que me rasgou a roupa, gritei por socorro, súbito estava novamente em frente ao restaurante fechado, minha mulher não estava mais lá, um estranho ser barbudo e trajado de branco me dizia que ela tinha ido embora com um pessoal inglês, indicou a direção, corri para lá e me encontrei debaixo da Torre Eiffel, mas era só uma imitação, e pessoas nuas falavam um idioma desconhecido que lentamente se tornou latim porque havia uma missa, o papa paramentado como nos grandes dias subia a cavalo no altar e de lá jogava bombons abençoados a soldados napoleônicos em uniforme de gala que cantavam a Internacional em chinês, uma lindíssima mulher coberta de joias dançava em cima de uma garrafa de cachaça, nela entrando e saindo em espiral ao som da "Dança do Fogo" de De Falla, que veio recitar ao meu ouvido o poema de Garcia Lorca Las navajas de Albacete, *interrompido por minha mulher, que vinha de bicicleta me buscar para irmos ao cinema, aí comecei a despertar e o pesadelo e a minha volta à razão correram paralelos um bom momento, instantes que pareceram um dia, o cinema era pornô e a mulher*, mas que história é essa, já estou acordado, pensei, *desapareceu num balão que foi até o teto,* devo sair dessa história, não sou louco, *que se abriu e de uma nuvem verde começaram a chover maçãs,* basta, deixa eu levantar, *que falavam swahili e eu entendia,* ufa, agora basta, *sacudi a cabeça, me estirei e sentei de um pulo da cama xingando o mundo, consegui livrar-me desse onírico carrossel, desse flutuante pastiche, e chamar Maria para que me ajudasse a ir ao banheiro.*

Enquanto estava absorvido na contemplação do meu xixi fazendo espuma na água do vaso, vi que eram seis horas da manhã, nunca levanto a essa hora.

Antes do acidente, minha hora normal de voltar ao mundo era duas da tarde, hora boba, ainda um monte de tempo para gastar para quem está sem vontade de fazer coisa alguma, tarde demais para programar algo para o dia.

No que restava da noite de chuva, atenuada pelo clarear do dia que se insinuava pelas frestas das cortinas, mas ainda perfurada pelo pisca-pisca do telefone, revivi incrédulo o longo, cinematográfico pesadelo.

Decidi nem tentar interpretá-lo, confuso demais, e a manhã ilumina o presente.

Essa história de pesadelos vem de longe, desde quando o subconsciente começou a me revelar aos borbotões minha vida pregressa, na sua inquieta realidade, da infância à adolescência complicada, quando ainda não percebia estar vivendo. Não adianta escrever as mágoas na areia e as alegrias na pedra, o subconsciente se encarrega de subverter o processo.

Nem precisam ser importantes: as mínimas gafes voltam com imponente majestade e me fazem sentir mais idiota do que quando as cometi, como a vez em que mandei preparar uma entrada de presunto e figos para meu amigo judeu e lhe perguntei por que não comia aquele magnífico San Daniele. Outra: num jantar muito formal e de negócios, segui chamando de Marco o dono da casa, do qual dependia o meu sucesso, e só no fim da noite me dei conta que seu nome era Mirko; ainda bem que não achou ruim demais e fizemos o negócio.

E mais mancadas do mesmo calibre.

Outras menos grotescas foram se acumulando e agravando com o tempo, até compor um repertório que agora me parece imenso, tantas são as maneiras pelas quais se manifesta, como se estivesse escondido atrás de um tecido que lentamente se aproxima dos olhos, cuja trama fosse se abrindo devagar e o revelasse.

Quando percebo em tempo o perigo, me defendo com uma fórmula que nem sei como descobri, conto de dezenove até zero. Por que decrescendo nunca entendi, mas só desse jeito funciona. Serve também para relaxar quando faço ressonância magnética e me enfiam naquele maldito tubo cheio de barulhos infernais.

Às vezes a obsessão que me mantém acordado vem de um motivo musical que surge repentinamente, se impõe, se torna trilha sonora das minhas atividades, música de fundo, como se chegasse do rádio de um vizinho, ao qual não posso pedir que o desligue.

Há um ano me atormentava uma valsa lenta, talvez mexicana, talvez de Agustín Lara, que faz dó-si-dó-si-la-dóóóóóó-mi-sool-si-si-si bemol-lááá, etc.

Decidi ligar para meu amigo Toño, que vive na Cidade do México, foi fácil:

— Es Maria Elena, "Tuyo es mi corazóooon...".

Outra noite me manteve acordado uma canção que me havia perseguido o dia todo. Miss Doolittle a canta em My Fair Lady *quando volta da festa à qual foi com o professor Higgins,* I could have danced all night.

Por que raio logo essa? Talvez porque o velho pé de valsa que fui está com saudade de como se dançava no seu tempo, como ele dançava.

De vez em quando sinto saudade, pior, raiva, de não mais poder correr, nem jogar tênis, nadar, levantar os braços, servir-me vinho sem ter que segurar a garrafa com as duas mãos, tudo me custa trabalho, tomar chuveiro é uma tarefa, vestir-se uma aventura, ao acordar me pergunto se ainda serei capaz de andar, e devo afastar o não *que me aterra. A velhice é cruel.*

E o refrão

Você está muito bem
para a idade que tem

que amigos e médicos bem intencionadíssimos soltam ao ar? Haja paciência.

Isso tudo à parte, sou lúcido, entendo que se trata da inconsciente visão do meu presente, que o consciente não aceita.

Por sorte compensado pela saudade de um amor e a presença de alguns amigos.

— Valores perenes e absolutos — concluo em voz alta dirigido ao universo.

VIII

Há tempos meu amigo não me fala da filha dele, é como se fosse minha neta, sinto saudades dela; Leonardo havia chegado pouco antes, os dois jovens nunca se viram.

Pedi notícias, sorriu com um brilho de saudades nos olhos, ele também tem.

❦

Aos vinte anos era linda, culta, articulada, dona de si e do salão de chá mais elegante da cidade, de onde Aristide saíra, a qual havia voltado por um tempo levando a menina, deixando-a com a família de Andrew, o irmão de Romeo.

Chamava-se Mirta, mas Aristide, para afastá-la do passado — na realidade para dele se apropriar —, rebatizara-a Valentina. Quem não quis anular o *antes* da pessoa amada por ciúme, ou tristeza de não tê-lo vivido ao lado dela?

Valentina: quem sabe por causa de uma poesia aprendida na escola, pouco importava que nela o personagem fosse um rapaz, Valentino, valiam para ele os versos que o haviam comovido:

*Ô Valentino, vestito di nuovo
come le brocche del biancospino...*

Ou também porque admirava Maurice Chevalier cantando Valentine, que tinha *deux petits tétons que je tâtais à tâtons...*?

Falava dela como de uma deusa, esse pai, atrasado, dedicado a recuperar o carinho que não teve e não deu no começo da vida da filha.

"Sua pele era da cor do azeite dourado que só aparece no moinho com a pressão das primeiras olivas" — assim descreve a sua amada um autor da minha terra —, o nariz levemente aquilino e voluntário não alterava a doçura do rosto, a boca desenhada pelos anjos antecipava o sorriso que descobriria seus dentes brilhantes e perfeitos.

Quando se concentrava, levava ao queixo a mão esquerda com a palma para cima, numa postura de escultura *art nouveau* delicada e insólita, que revelava seu perfil de cisne. Aristide matava a saudade cada vez que olhava duas bailarinas de bronze com a mesma pose sobre duas bases de mármore estriado, uma cor terra *di Siena bruciata*, a outra quase alaranjada, sobre a cômoda do salão da sua casa. Eles as comprara numa feirinha, só por isso.

Romolo era advogado, filho do prefeito, conhecera Valentina adolescente, um cabo de vassoura espinhento.

Depois de anos no exterior, iniciados com um mestrado numa universidade inglesa, acabava de chegar e, depois de cumprimentar a família, havia saído para um passeio de reconhecimento da cidade, tarefa exigente: da igreja à estação da estrada de ferro há três cafés e trinta lojas, e os amigos não se conformam com um *oi* de passada...

...parou brecando seco que nem mula ao vê-la improvisadamente diante de si, escultural, elegante, pernas longas, juba de cobre avermelhado e dourado, felina, "certamente um metro e setenta e cinco", calculou, tropeçou no próprio pé, perdeu o equilíbrio, quase caiu para trás, se recuperou com a elasticidade de um contorcionista de circo, exagerou, dobrou-se para frente para, touro solto no dia de San Fermín em Pamplona, entrar de cabeça na barriga da moça, belo papel de bobo.

— Desculpe — disse, despenteado e com cara de tacho —, mas a culpa é sua, não devia circular sem aviso ao público! — (Mais tarde lembrou o que Hemingway escreveu sobre Marlene Dietrich: "...era ela. Ninguém desceria assim de um automóvel, sem esforço, com elegância, e ao mesmo tempo como se fizesse um favor à rua pousando nela seu pé...") A vênus riu:

— Não acha que exagerou?

Ele caiu na gargalhada, disse que sim, se olharam, Valentina constatou com alívio — ele também com satisfação — que era mais alto do que ela — "ainda bem", concluíram os dois, e

— Para me fazer perdoar posso lhe oferecer um aperitivo... — era quase uma hora — ...ou convidá-la para o almoço?

No quadro seguinte estão os dois no restaurante ali na esquina conversando, ela com o sorriso da Gioconda, do qual as mulheres se armam quando ouvem as primeiras notas da habitual cantada, ele desfraldando todos os estandartes do ridículo masculino nessas ocasiões.

Mas a coisa foi longe.

Romolo não lhe deu trégua, com uma corte assídua mas delicada, firme mas discreta, estratégia comprovada que dá certo.

Casaram-se, tiveram logo um filho, delícia de menino, lindo, alerta, carinhoso e comportado.

O casamento tinha tudo para durar e ser feliz, não fosse a determinada independência empresarial e financeira da moça, que Romolo, já quarentão e patriarcal, não aguenta, fazer o quê, chega o fatal *temos que reavaliar a relação*, terreno mais escorregadio do que calçada novaiorquina com as primeiras neves, que aquele vento assassino do rio Hudson congela para a maior glória e bolso dos osteópatas locais.

Separação amigável, o filho com a mãe, o pai sem limite de visitas.

A maior harmonia.

Valentina segue linda, inteligente, culta, articulada, etc.

Marco quer suceder Romolo; é filho do maior floricultor da região — lá, flores criam fortunas há muito tempo —, aproveita a situação, cerca Valentina com uma corte assídua mas delicada, discreta mas firme, uma estratégia comprovada que dá certo — sei que estou me repetindo, é uma questão de ritmo —, casam-se.

Nasce um filho lindo, alerta, carinhoso, pestinha, mas tudo bem.

O casal tem tudo para durar, não fosse o orgulho do Marco, que não aguenta a decidida independência social, intelectual, política, etc. da moça, fazer o quê.

Separação amigável, o garoto com a mãe, o pai sem limite de visitas.

Total harmonia.

Valentina segue linda, inteligente, *vide acima*.

É de uma habilidade político-diplomática excepcional, consegue até juntar os dois pais no aniversário de cada garoto, e enviar os dois alternadamente a um deles nos fins de semana.

Perfeita harmonia.

Valentina segue... já sabem.

Conhecera Andrea adolescente, o redescobre e os papéis se invertem, agora é Valentina que: corte discretamente assídua, delicada e firme, estratégia clássica com inovações de acordo com a inversão dos papéis, vocês têm fantasia.

Dá certo, casam-se.

Convida os dois maridos anteriores para padrinhos de casamento, os dois meninos entram na frente dos noivos, a cerimônia é linda, a festa alegre e refinada, pouca gente escolhida, do nível adequado à peculiar situação.

Viagem de núpcias de um mês na Escócia, no País de Gales, na Irlanda, com *gran finale* em Londres, trinta dias durante os quais Romolo e Marco se revezam uma semana cada um para tomar conta da casa da Valentina e dos dois rebentos. Do salão de chá tem quem cuide, a moça sabe escolher seu pessoal.

Invejável harmonia.

Haja vista que, na volta, Andrea convida Romolo e Marco para um jantar de agradecimento, os três são homens, cavalheiros, não vácuos e primários machões.

Aliás, repararam que machão nasce corno? Isso já dizia Mistinguette, cantante do Moulin Rouge, ou do Folies Bergères, cem anos atrás.

Tempos depois, Romolo conhece Antonia, explica-lhe a complexa relação e o consequente papel de cada envolvido passado e futuro e, ao:

— Comoékié?! — escandalizado da moça, Romolo declara-lhe que a aceitação prévia da mencionada situação é *conditio sine qua non* haveria namoro nem casamento.

Mais ou menos na mesma época, Marco encontra Amália, idem.

Ambas resmungam baixinho, mas aceitam, afinal a tal da Valentina é uma mulher admirável.

Total harmonia (seis).

Esqueci de dizer que para o primeiro casamento Aristide veio da Argentina para levar a filha ao altar.

Para o segundo só enviou um lindíssimo presente.

Para o terceiro tão somente um telegrama de felicitações, dizendo que nesse ritmo iria à falência.

Valentina foi um colante forte, Romolo, Marco e Andrea haviam se tornado amigos e aliados; os agora três garotos deles, Lúcio, Antonio e Fernando, apesar da diferença de idade, que foi se apagando com os anos, nasceram amigos e o foram para sempre.

Quanto a Hemingway, Hem, como o chamavam os íntimos, nunca se soube se Marlene e ele foram de fato amantes, mistério mundano que ninguém conseguiu desvendar, e agora deixou de ter qualquer interesse, como observou a conservadora de La Vigia, a casa onde ele viveu em Cuba.

— Mais importante — disse — é reler seus *Por quem os sinos dobram* e *O velho e o mar*.

IX

A PRÉ-HISTÓRIA DE VALENTINA começou no dia em que Aristide acompanhou seus sócios europeus ao sul do país para negociar um contrato com uma empresa sediada na região, dali seguiriam para Buenos Aires.

Meu amigo já escreveu sobre a famosa Casa da Mona, que aqui aparece novamente porque estes outros cavalheiros também estavam cansados de ir para cima e para baixo neste enorme país, e queriam o repouso do guerreiro; nada melhor do que um bordel desse quilate com as delícias que prometia e, segundo testemunhas dignas de crédito, ainda mantinha.

⁌

Aristide apanhou a primeira gata que lhe pareceu inteligente e se apressou a ocupar um quarto.

— Por favor, ouça — disse à garota dando-lhe dinheiro —, estou morto de cansado, aqui tem mais do que você cobra normalmente, vou dormir, amanhã levo meus convidados a

Buenos Aires, você protege meu sono, só me acorda quando os outros derem sinal de vida, ok?

Marta — é o nome dela — concordou, e isso seria tudo se a moça não devesse também ir a Buenos Aires, uma dessas coincidências que a vida arranja para os privilegiados. Nada falou da viagem dela, só lhe perguntou em que voo partiria, em que hotel se hospedaria, ele disse.

Aristide precisava de um bom banho — que, apesar dos oferecimentos felinamente associativos da garota, quis tomar sozinho —, entregou-se ao imediato futuro deixando-se escorregar lentamente na espuma que Marta havia preparado.

Foi duro voltar ao mundo, mas se secar devagarzinho, sentir a mão reconhecer as regiões sensíveis que vão imperceptivelmente reagindo ansiosas de ulteriores contatos mais complexos...

Marta estava cochilando, foi surpreendida pelo delicado entusiasmo quente do rapaz, jogou às favas seus reflexos profissionais, aproveitou o momento, reencontrou a espontaneidade, o prazer de se entregar e sentir que o outro também se doa inteiro, foi bom.

Muito bom para os dois.

Dormiu pouco, Marta; havia tempos que não se sentia assim, tão viva. Observa sorrindo o rapaz dormir, ainda é noite quando o acorda.

Tem que sacudi-lo, Aristide tarda a entender onde está, lembra que tem de levar seus clientes de volta ao hotel, fechar as malas e correr para o aeroporto, faz tudo isso sem pensar.

Só acorda realmente quando, depois de ter registrado o grupo no balcão da companhia aérea, olha ao seu redor e vê, sentada num banco do mesmo portão de embarque, a mesmíssima Marta; por discrição cultural arraigada faz que não a vê, imagina uma coincidência.

Volta a vê-la no avião e voltará a vê-la na recepção do hotel; não conseguirá imaginar por que ela está ali, mas as moças da Casa da Mona são conhecidas por serem escolhidas a dedo, até refinadas e elegantes, vá saber o programa que tem nesse hotel.

O dia passa batido cheio de compromissos, almoço e jantar de negócios, seus clientes estão cansados, a noite anterior deve ter sido ótima também para eles, todos se retiram.

O serviço de informação do hotel deve ter funcionado com a tradicional discreta indiscrição do *concierge*, o fato é que Aristide estava deitado e apagara a luz do abajur, quando ouviu a porta do apartamento ser aberta e viu aparecer, no grande arco que separava o quarto da entrada, uma nuvem de véus de seda azul, que se materializou nos seus braços com um suspirado e paradisíaco "olá".

O resto foi tão bom como a noite anterior, com as variantes circunstanciais que o leitor sensível facilmente imagina.

Isso exigiu um café da manhã especial, além do costumeiro apetite matinal — o restante do dia Aristide comia o essencial para sobreviver até o dia seguinte. Beber, essa era outra história, apesar de comedido começava com o aperitivo e terminava com um último conhaque antes de deitar.

Normalmente acordava devagar, sentava à mesa e mandava ver meio papaia; uma omelete de dois ovos, mole como há de ser, com a qual iam duas fatias de pão integral torrado; um iogurte magro misturado a cereais de vários tipos e duas colheres de mel; uma enorme xícara de café com leite; um pãozinho francês com manteiga e marmelada de laranjas amargas — só dessas, e devia ser inglesa.

Nesse dia acrescentou um ovo, um pãozinho e um suco de laranja.

Marta, deitada na cama, observava seu parceiro com terna curiosidade, surpresa da própria ansiedade.

Ontem pensou que havia sido uma maluquice sem importância, hoje já não sabe, sorri imaginando os três próximos dias.

Três dias é pouco tempo, mas podem significar muito para quem vive só encontros fortuitos e fugazes.

No caso significou uma vida.

A de Valentina.

X

*A*RISTIDE REPETE SEM EUFORIA *a fórmula de saudação habitual, percebo que trouxe o jornal dobrado debaixo do braço, não o deixa na mesa, já sei, hoje a mídia dedica-se ao genocídio dos armênios cometido há noventa anos pela Turquia.*

— Ô armênio, não se fala de outra coisa! Parece que descobriram agora!

Leonardo, que chegara inesperadamente pouco antes, aparece da cozinha, aonde havia ido cumprimentar Maria, o abraça, nem diz oi:

— Vim para que me falem disso, não sei nada, sempre me pouparam, apesar de me terem dito que meus trisavôs morreram nesse genocídio.

Aristide me olha interrogativo, concordo fechando os olhos e acenando com a cabeça.

Espera o copo de vinho que a Maria está trazendo.

— Pelo jeito, hoje não vai ter conto — *digo, fazendo caretas, mas percebo Leonardo intenso, atento, sinto pena dele, é história passada; trazer história ignorada para o presente, porém, pode machucar.*

— É verdade, nunca falamos a respeito — confirmo, Aristide achou bom tergiversar.

✿

— O título de um livro, seus personagens, o estilo do autor, um episódio solto, o que seja, sempre trazem soluções ao meu problema do momento, sempre foi assim desde a infância, quando os livros suscitam a imaginação e amoldam a memória e a sensibilidade. O mais extraordinário é que às vezes esqueço o título e o autor, mas do livro posso falar durante horas.

Sim, há algo misterioso nos livros, contagioso. O livro e a música, que quase sempre acompanha meu ler.

Ler um livro é um passeio mental, o proceder da leitura transforma o redor, a fantasia vai paralelamente moldando soluções práticas ou projetos, personagens e situações imaginárias, descrições e figuras concretas, fios condutores que as costuram, surpresas, tudo: o que mais pode desejar de um livro o seu autor? Um holofote que ilumina episódios da vida, ou até toda ela, de nova luz e novas sombras, cria novos pontos de vista, novas ideias e significados.

Cada novo livro também dá vontade de reler livros mal lidos, ler os que não se leram, compensa saudades que o não lido cria.

Sinto gratidão pelos livros que li, sei que estão no meu ser mesmo que saiam da minha memória imediata.

Fez uma pausa de bom contador de histórias e entrou no assunto.

— Pelas leis turcas, que proíbem que se fale do genocídio dos armênios, que o governo nega, o escritor Orhan Pamuk é acusado de atentar à integridade do seu país. O fanático que, pela mesma razão, matou o jornalista Dink ameaça o escritor.

Aristide quase berra, Leonardo tem um sobressalto:

— Como não foi genocídio! — e continua no tom anterior: — Começou em abril de 1915 em Constantinopla, então capital do Império Otomano. Foram presos 650 notáveis armênios, a tragédia não parou até 1923, com a perseguição e o extermínio sistemático e cruel de um povo levado à força para os desertos da Síria e da Mesopotâmia. Seu avô e eu éramos muito jovens quando lemos *Os quarenta dias de Musa Dagh*, o livro de Franz Werfel que divulgou a agonia dos armênios, massacrados ou mortos de exaustão durante marchas forçadas e deixados à margem da estrada, ou enterrados em fossas comuns. As fotos em *Massacre de armênios*, de Nubar Kerimian, são definitivas. Conhecemos alguns sobreviventes que nos contaram episódios terríveis.

"Se vocês desejam garantir o futuro para seu povo, matem inclusive os recém-nascidos nesta comunidade, até eles são criminosos porque levam dentro de si a sede de vingança!", declarou a seus súditos Zeki Bey, em 1916, após matar uma criança arremessando-a contra os rochedos!

Percebe que Leonardo tem o olhar fixo nos seus lábios, absorve suas palavras.

Eu observo meu neto inquieto, intervenho:
— Ontem assisti a Ararat *em DVD, o filme de Atom Egoyan sobre o massacre e a destruição da cidade de Van, você devia vê-lo — digo a Leonardo.*
Aristide entende e deriva para a atualidade.

A Turquia recusa-se a reconhecer esse crime; Israel, *realpolitikamente* aliado dos turcos, deveria pedir-lhes que o façam, juntando o milhão e meio de vítimas armênias aos doze milhões de vítimas do nazismo, metade das quais eram judeus. Seria um gesto de generosa humanidade.

Isso Aristide já disse a seus amigos judeus e escreveu dezenas de vezes, lembrar as demais vítimas dos campos nazistas, juntando a memória delas às do Holocausto, mostraria que são capazes de dar a outros povos a solidariedade que exigem para com o seu.

Os alemães, os japoneses, os australianos, a Igreja Católica, muitos governos, renegaram o horror da violência com a qual dominaram ou destruíram povos e culturas no passado recente ou longínquo; os turcos recusam-se a fazê-lo.

O mundo deveria se juntar para lembrar quantos mais, nos cinco continentes, foram e são vítimas esquecidas de genocídio. Vinte milhões de seres humanos foram arrancados das suas terras na África, mais da metade deles morreram durante seu translado da origem aos mercados americanos do norte, centro e sul da América. Vinte gerações de caçadores, traficantes e usuários, árabes, africanos, europeus e americanos exploraram a escravatura, quem vai pedir desculpas por eles? Quem pedirá desculpas pelos Ruanda, Darfour atuais. Os armênios...

Achei oportuno mudar de assunto, lembrei a Aristide que ele havia interrompido a história de frei Atanásio. Era cedo, dava tempo para concluir o episódio.

— Se passarmos da hora, jantamos — disse, os dois concordaram, pedi a Leonardo que fosse avisar Maria.

Voltou logo: Maria já havia decidido por sua conta e estava preparando "algo para matar a fome de vocês", deveria ter imaginado, ela sempre adivinha meu pensamento, anos de convívio, mágico entendimento.

XI

Há dias bons e dias daqueles, hoje é um destes. Chato. Não consigo me pôr de bom humor.

A mídia diária contribui: o comportamento exemplar do Congresso e a paz no campo fornecem matéria para tanto, com suas tradicionais e seguidas fantasias contábeis e administrativas ou coisas parecidas.

Às vezes nos parece ler boletins paroquiais, folhetins corporativos, de classe, sectários. Em alguns, o redator que escolhe as cartas dos leitores a serem publicadas parece querer que se pense que boa parte dos tais é idiota.

Há países onde o cidadão pode adquirir jornal dos banqueiros, dos ruralistas, dos industriais, dos socialistas, liberais, comunistas, anarquistas, monarquistas, republicanos, católicos liberais, social-cristãos, financistas espúrios, fascistas autênticos e demais colorações político-financeiro-sociais.

Há outros onde só se pode ler a mesma ladainha, quando não reduzem a fofoca ou dramatizam o que deveria ser objeto de visão ampla e objetiva. Ou fazem terrorismo sensacionalista sistemático se o governo não é o "deles".

Mais uma digressão — detalhe mnemônico que surge e se impõe sem razão ou nexo com a narração; a ela recorro para amenizar meu arroubo político —, num conto de Nabokov, o personagem principal vê um pé, observa e descreve o pé, o do companheiro de cabine no wagon-lit *que dorme na cama acima da sua e, no último degrau da escadinha que lhe dá acesso, descansa antes do esforço de sentar e deitar; como, em* Dom Casmurro, *faz o tio Cosme, que, com o pé no estribo, "enfeixava todas as forças físicas e morais" antes de depositar suas pesadas carnes no selim do inconformado cavalo que o leva cada manhã ao escritório.*

Depois de quarenta anos, estou relendo admirado Machado de Assis.

Não tem nada a ver com o que antecede, como agora o Giovanni, que ressurge da página 42.

— Lembra dele? — pergunto ao Aristide. — Jogava na defesa, na época dizia-se beque esquerdo.

❧

No começo da Resistência, em 43, desertou do Exército com três camaradas, uma metralhadora, meia dúzia de fuzis e umas tantas caixas de munições — assim os guerrilheiros sempre se armaram —, juntou-se à brigada de *partigiani* da região, tornou-se Athos, foi lutador valente, condecorado depois da libertação.

Tinha mantido *Athos* para poucos amigos, e para os diálogos esquizofrênicos que amiúde invadiam seus momentos de *solidão abstrata*, como ele chamava seus devaneios, produto da sua prevalente tendência a se esquecer, num fantástico *dolce far niente* intelectual, o contrário do espadachim canhoto de Os três mosqueteiros, sempre presente a si mesmo, que havia sido seu modelo durante a guerrilha nas montanhas.

Giovanni vivia no concreto, Athos no abstrato; um no real, o outro no imaginário. Se também Giovanni sonhava, seu sonho permanecia tal, Athos construía no sonho o mundo que Giovanni temia sonhar.

✎

Tenho a impressão de já ter lido essa frase em algum livro, peço desculpa pelo eventual plágio do meu amigo.

Percebo agora que esqueci de dizer que gravo todas as nossas conversas e minhas observações; quero deixá-las para Leonardo quando eu decidir ir embora. O que fará com elas, não sei, mas penso que será feliz de tê-las. Quero muito esse rapaz. Gosto de ter estabelecido com ele um elo forte e da facilidade com a qual nos comunicamos.

Passei uma hora transcrevendo a fita do dia, Maria me trouxe um Amaro Averna, pequena liberdade que me permito quando me sinto galhardamente jovem, e esqueço os órgãos do meu corpo, aos quais, segundo os médicos, deveria dedicar particular atenção para prolongar minha vida; justamente o contrário do que desejo fazer.

Amaro Averna: grande invenção siciliana, dizem que herança dos normandos, outros o atribuem aos árabes. Docemente amargo, os locais não gostam. E poucos gostam do anis, Anis del Mono espanhol, sambuca italiana, uzo grego, pastis marselhês, etc., bebida mediterrânea tão literária nos tempos de Proust e Toulouse Lautrec, quando o absinto que lhe era associado irrigava a alma e a inspiração dos artistas, corroendo-lhes o fígado e o cérebro.

Depois desta nova e longa digressão, deixo seguir o conto do Aristide.

❦

Era bom que sonhasse, Athos: sua autonomia econômica — eufemismo para definir seu estado crônico de falta de grana — não alcançava o mês, quando não a semana.

Ou o dia.

Em palavras simples, tinha uma vida de porcaria, não fosse seu estado de levitação permanente nos oníricos níveis da sua irresponsabilidade: gastava hoje o que pensava ganhar no ano seguinte, não parava de fazer projetos em previsão do dinheiro — uma fortuna, não fazia por menos — que

certamente um dia
ganharia na loteria

refrão que os amigos antecipavam em coro cada vez que Athos ia concluir sua otimista previsão lotérica, apesar do olhar furioso do involuntário versificador, cujas dúvidas eram nulas como seu bom senso.

— Ué — dizia —, há gente que vai atrás de teorias esotéricas, visão *new age* da vida, numerólogos, videntes taroquistas, cristalistas, leitores de cartas e búzios, falsos previsores do fim da história e do mundo, criacionistas fanáticos, terroristas suicidas para ganhar o paraíso da virgem diária, fundamentalistas carrancudos, chefes de Estado visionários que levam a humanidade pro caralho, banqueiros e especuladores que elevam ao absurdo sua gulodice de grana, estúpidos que vão atrás deles e safados que aproveitam a festa, e eu não tenho o direito de acreditar que ganharei na loteria, porra? — no impulso de tanta confusa empolgação analítico-crítica, os palavrões se impunham.

Acreditava piamente no que sabia ser uma estupidez, ou melhor, divertia-se em acreditar, ou fingia acreditar, porque era a única maneira de formular projetos generosos, sempre em favor dos outros, claro, sempre o fizera na vida, como se ele não precisasse de nada, nessa sua postura frente ao futuro, que fez com que agora precisasse de tudo.

Seriam milhões.

Tinha a cabeça cheia de projetos: ajudar os amigos em primeiro lugar, alguns familiares eventualmente.

Destes, poucos; não era muito família, dizia.

— Não sou biológico — arrematava, sem pensar muito no que isso poderia significar —, *family is a nuisance*, *parenti serpenti*, todos os povos têm provérbios a respeito.

Para si, o essencial. Tinha como princípio que o que não é indispensável não é necessário, tautologia só clara para ele, pois o que não é necessário o marketing ajuda a se tornar indispensável, e a gente morre de exaustão para conseguir o enésimo celular, carro, televisão, moto, casa, para que ninguém mais tenha tempo de pensar e aceite tudo sem discutir.

Quanto à loteria, seu amigo Toto seria o primeiro beneficiado, lhe daria de presente uma boa quantia e uma volta ao mundo sem prazo, milionária.

Eu o imaginava a bordo dum desses luxuosíssimos transatlânticos afrescalhados, verdadeiras Las Vegas navegantes, apesar de que Toto dizia alimentar no íntimo o irracional e criminoso desejo de afundar todos, nisso compartilhando a opinião de seu compatriota Italo Calvino, que conservava, da única viagem feita num vapor desses, a lembrança da "forte dose de chatice americana, de velhice americana, de pobreza de recursos vitais americana [...] nessa coisa antiquada e arrogante [...] povoada de gente velha e feia".

São dotados de dezenas de bares, nos quais Toto se instalaria a maior parte do tempo, sentado na esquina da barra para melhor observar o movimento, blazer azul com botões dourados, calças e sapatos brancos, *ascot* Hermès e *pochette* Harrods (lencinho de seda no bolsinho do paletó nunca igual à gravata, não a *pochette* na cintura hoje tão execrada pela *fashion*), eventualmente uma flor na lapela, compenetrado na explicação ou ensinamento a qualquer pessoa recém-conhecida de qualquer coisa que viesse à tona.

Com pose de Humphrey Bogart, cigarro num canto torto da boca, sobrancelha esquerda levemente levantada, voz grave e convincente, com um *digamos* intercalado em frases afirmativas, para atenuar suas asserções ou reforçá-las conforme o interlocutor, neste segundo caso especialmente se referentes à absoluta e lamentável falta de líderes capazes de levar os povos à revolução que libertaria o mundo do *temquismo*, neologismo, do qual era particularmente orgulhoso, com que definia o regime consumista, no qual *tem que se ter* tudo ou não se *é* nada.

Giovanni-Athos morreu repentinamente, sem sofrer, num dia de sol, de trauma craniano, provocado pela queda de um vaso de flores da janela do apartamento do terceiro andar onde morava uma quase — todas eram quase — namorada, a quem havia dado um adeus definitivo momentos antes, que declarou que foi um acidente que nada tinha a ver com o fato de ela estar à janela chorando, vendo-o partir. Aristide não lembra que houvesse um processo na Justiça, se houve, deve estar rolando nos meandros infinitos e cagádicos da nossa dita cuja.

Athos deixara a seu advogado suas últimas vontades se viesse a ter que distribuir os milhões ganhos na loteria, e uma carta *para o caso contrário*, dirigida a Toto, que a recebeu depois do enterro:

Amico mio carissimo,
espero que você esteja lendo esta minha mensagem póstuma tomando um bom vintage ou um rum cubano añejo; um bom champanhe Salon também serve. Se não os tiver à mão, interrompa a leitura e arranje logo, não queria que chegasse ao fim da carta sem poder brindar, gosto de imaginar você fazendo isso.

Há homens que a sorte ignora, sou um deles, não ganhei na loteria, mas sempre pensei que muito do que tive e vivi não precisou vir dela, as pessoas que me quiseram a compensaram largamente com o afeto, a compreensão e a tolerância para com meus defeitos e loucuras.

Consolem-se pensando que, não tendo eu sido favorecido por ela, fui um componente da sorte de vocês, as estatísticas existem para definir essas coisas.

Quanto a você, prometo que, se o suposto lado de lá existir, farei tudo para que tenha a sorte que não tive.

Em tal caso, lembre do que eu desejava fazer e faça-o com alegria, dedicando-se seriamente a gastar sem pensar muito, o demônio da prudência está sempre à espreita, e ela é sem dúvida o caminho mais curto para a mediocridade.

Minha herança para você são meus sonhos, é o que sempre tive de mais valioso.

Agora brinde.

Um forte abraço,

Giovanni-Athos

Toto voltou do enterro triste e cansado. Considerado o mais chegado amigo do falecido, havia recebido os pêsames da legião de gente que Athos, de um modo ou outro, beneficiara ao longo da vida, de varredor de rua a empresário, ator, artista, vagabundo, prostituta, padre, pai de santo. etc.

Um chuveiro e cama, mas antes pegou a pasta na qual havia juntado papéis, cartas, bilhetes e poemas que Athos-Giovanni lhe enviara ao longo de anos, queria publicá-los.

Toto sentou na poltrona habitual, pegou uma frase ao acaso, que falava do tempo:

Antigamente o tempo era amigo, criava lembranças, íamos juntos ao longo da vida. Agora me empurra sufocando meus sonhos, só me deixa objetivos. Mas é o tempo que me resta, quero vivê-lo. Intensamente.

Amargo e cru, decidiu em voz alta, falando a um imaginário interlocutor dos milhares que, ele também, sempre tinha à disposição e assumia a personalidade condizente ao momento: amigo, inimigo, desconhecido, homem ou mulher, o mais adequado à circunstância, à polêmica, ao debate, à briga, à simples dissertação ou palestra sobre o que dependia da sua necessidade de desabafar, de eliminar tensões ou inquietudes, no também imaginário lugar no qual o situava.

O pior — ou o melhor, se consideramos a teatralidade da coisa — acontecia quando estava sozinho num elevador que tivesse espelho, ali se superava dialogando ou implicando com a imagem reflexa dele mesmo. Um dia alguém entrou num andar intermediário, percebeu que ele falava sozinho em frente ao espelho, saiu tão assustado que ficou preso na porta.

O poema. Toto dizia-pensava: não concebo (ainda o tempo como sendo os dias que me restam, mas como a interação entre passado, presente e futuro, a possibilidade de achar um cunículo de caruncho pelo qual o presente se junte num ponto qualquer ao passado e ao tempo mítico, mitológico, o de Chronos, no início do porvir, do rarear das leis físicas no espaço-tempo, das dúplices possibilidades da física quântica, e da procura de um tempo superior ao tempo subjetivo, que varia para cada um conforme as emoções.

Tais elevados — e confusos — conceitos provocaram o primeiro bocejo.

Seguiu-lhe o segundo.

Toto largou a pasta, "já é meia-noite", murmurou, e foi até o terraço.

A lua estava acomodada entre duas nuvens, devia estar cansada também, uma estrela mais brilhante do que ela a escoltava.

Lembrou Ungaretti:

Il cielo pone in capo
ai minareti
ghirlande di lumini.[3]

---

3. "O céu põe sobre/ os minaretes/ guirlandas de luzes." [Trad. Haroldo de Campos]

Na rua poucos carros, um casal andava lentamente na calçada do lado do parque, último passeio depois do cinema para conciliar o sono. Surgiu da travessa o caminhão de limpeza, cujo barulho ocupou o espaço.

Observou os homens de amarelo jogarem ritmicamente os sacos de lixo da calçada à voraz boca do caminhão, que os mastigava mecanicamente, até dar um tremendo arranque para desaparecer na curva ao lado do prédio.

Fazia calor, deitou pelado; ajeitou o travesseiro pensando no que deveria fazer amanhã e sempre lhe faltava tempo.

— O tempo é imaterial, mas é um corpo sólido — sentenciou já sonolento em voz alta —, não é possível esticá-lo nem comprimi-lo, mas mede e contém o universo, a eternidade, como o espaço; ou será o contrário?

Depois deste outro paradoxo físico-filosófico, bocejou de boca aberta, com um *aaahhh* libertador, desejou-se boanoite e capotou.

XII

*T*EMPO INCERTO, *crise devida ao bordel financeiro que sucedeu à bolha, homens-bomba no Iraque e alhures, habituais informações sobre a economia chinesa e seus perigos — Mussolini, como antes Napoleão I, havia alertado nos anos 20 sobre o "perigo amarelo", uma das poucas coisas inteligentes que disse —, batalhas campais entre polícia e traficantes e balas perdidas assassinas no Rio, onde os bandidos inventaram o tiro ao alvo em helicópteros, e estes o vice-versa; o país feliz vítima dessa genial híbrida engenhoca institucional presidencial-parlamentarista inventada pela astuta politicagem local, que nem ao velho Moisés permitiria governar, bancos salvos com a socialização das perdas através do execrado Estado e até dos execrados sindicatos, imprensa local cada vez mais provinciana, Israel feliz com a sua eficaz estratégia destrutiva de qualquer possibilidade de paz no pedaço, os árabes contribuindo como podem e se degolando reciprocamente, ou aproveitando indiferentes o petróleo enquanto a farra durar, mortos e feridos aumentam, o ódio proporcionalmente idem, uma festa para os que, vocês sabem.*

Aristide sentou na poltrona com um suspiro, fez uma careta engraçada, me piscou o olho direito, resmungou a costumeira fórmula, nem esperou o vinho, foi falando.

☙

A Casa da Mona tinha suas origens numa anterior *Maison Dorée*, Casa Dourada, de propriedade de uma madame conhecida por dona Tatá, a qual, tendo juntado o suficiente e algo mais para poder abandonar a vida peculiar que se imagina, tornara-se respeitadíssima dama da sociedade de uma cidade suficientemente distante para oferecer-lhe um refúgio digno, protegido das verdades que deviam ficar no esquecimento.

Aristide, durante uma viagem de negócios, teve a chance de conhecer essa deliciosa sobrevivente de um mundo que ela só mantinha vivo nas suas recordações íntimas, alimentadas por ocasionais nostálgicos suspiros, e semestrais extratos de contas correntes nacionais e estrangeiras.

Era daquelas pessoas que os franceses definem *sans âge*, tanto podem ter quarenta como setenta anos de idade. Tinha um físico proporcional, enxuto, seios pequenos ainda firmes, mantinha uma postura alerta, reta, seus movimentos decididos revelavam a clara e desperta coordenação entre seu cérebro e sua vontade.

Dona Tatá fazia gosto de convidar seus amigos e os amigos destes. Aristide, de passagem a negócios, conhecia um deles, havia sido incluído entre os convivas daquela noite, privilégio excepcional, os preciosos convites de dona Tatá eram firmemente seletivos, seus jantares frequentados com respeito quase litúrgico.

Os excluídos sentiam-se realmente infelizes e faziam de tudo para alcançar o indefinido mas evidente degrau social que esse privilégio exigia, e, uma vez alcançado, eximia o beneficiado de quaisquer outras referências, comprovações, qualidades, dons, diplomas ou virtudes, pois, frente à sociedade local, somava tudo isso.

Madame Taviana da Roda Burina Baqueret gabava-se de saber receber com a natural elegância de uma *lady* londrina e a refinada competência de uma *madame* parisiense.

Nas noites em que dava seus elaborados jantares, a iluminação dos jardins e do lado externo da sua casa era um *son et lumière* versalhesco — o velho barão das Ramalhadas sempre dava a desculpa de uma inflamação para não tirar os óculos escuros —, e a do interior apropriada para que tudo o que ali estava brilhasse à altura dos diamantes e esmeraldas que a dona da casa ostentava, em dose adequada a que não pairassem dúvidas quanto à medida da sua fortuna. Madame sabia muito bem ser essa a única razão do seu prestígio, conhecia as dúvidas, nunca expressas publicamente, até de alguns dos frequentadores da sua casa, quanto à sua origem.

Um simples chá já era um espetáculo rigorosamente regido: um garçom entra levitando, de tão flutuante a sua postura, empurra um carrinho antigo sobre o qual brilham as pratas do bule e do açucareiro ingleses, e a leveza etérea das porcelanas chinesas das xícaras de chá para as damas.

Um segundo autômato aparece compungido atrás de outro carrinho, este destinado ao *fumoir*, para os cavalheiros, onde há, também brilhante de fulgores prateados, uma cumbuca, da qual se eleva, sobre um bloco de gelo, uma taça de cristal de autêntico caviar *beluga*, ao lado de um *sceau à champagne*, do qual desponta a aristocrática cabeça de uma garrafa de um escolhido *brut impérial*. Os murmúrios da conversa das damas, e da igualmente em voz baixa dos cavalheiros, são musicados pelo discretíssimo tilintar das porcelanas e dos cristais, e pelos devidamente controlados *pops* da abertura das refinadas garrafas.

Onde madame conseguiu arranjar tudo isso permanece um mistério até hoje.

Fortuna acumulada, a da madame, como já mencionado, em virtude de atividade hábil e discretamente exercida na adolescência e juventude, depois aumentada graças a sucessivos casórios, mais ou menos oficiais e legítimos, com poderosos coronéis já condizentemente babosos de velhos.

O barão de Ramalhadas fora o último pretendente, e tal havia ficado, dona Tatá alcançara a idade e a fortuna que o dispensavam.

Seus empregados gostavam de chamá-lo *Das Rabanadas*, pela gana com que o velho gulosamente ingurgitava meia dúzia delas cada manhã no desjejum. O cavalheiro colecionava bengalas. Estava sempre disposto a expor cultos detalhes sobre esse elegante apetrecho, *stock* em alemão, *canne* em francês, *bastone* em italiano, etc., que podia ser de *snakewood*, madeira de serpente; manchado ou listrado de anéis; de pau santo preto com manchas brancas; málaga, jacarandá da Bahia, ébano; granadilha cor de petróleo que fica negra e da qual há muitos tipos; cana da Índia, bambu, cana japonesa que vem de uma palmeira da cor das penas da perdiz; tucum, e muitas madeiras mais, com cabo simples, redondo, curvo, de prata, de marfim inteiro ou alternado a ébano, em forma de veado, de pássaro, etc., sem falar das bengalas-assento, com tripé, com uma lâmina afiada interna que se tornam espadas, inesgotável o barão!

Aquela noite havia escolhido uma de ébano e cabo de prata em forma de cabeça de cão, que ostentava com evidente satisfação.

Dizia-se o barão descendente do barão das Catas Altas, cavalheiro pitoresco, perdulário e excêntrico, personagem de inúmeros episódios folclóricos, um dos quais Viriato Correa contou, e *se non è vero*, *è ben trovato*.

João Batista Ferreira Chichorro de Souza Coutinho, apesar dessa fileira de nomes, era de origem humilde, quando criança sacristão da igreja local, mas soube aproveitar a sorte: contraiu matrimônio com a filha do proprietário das minas de Gongo Soco e, quando a esposa faleceu, com a irmã dela, ficando único dono daquelas minas, nas quais foi encontrado muito ouro, ergueu para sua residência o maior palácio daquelas Minas Gerais.

Mantinha a mesa posta e oferecia banquetes servidos em baixelas de ouro. Uma noite mandou servir almôndegas cobertas com molho, os convivas tentavam segurá-las com o garfo sem conseguir, até descobrirem que também eram de ouro maciço!

Quando dom Pedro I visitou a província, o baixinho atarracado João Batista Ferreira Chichorro de Souza Coutinho abriu as portas do seu palácio para recebê-lo. Ao vê-lo e ouvir-lhe o nome, dom Pedro não resistiu: "Maior o nome que a pessoa!", exclamou. Souza Coutinho amarrou a cara magoado, ao que o imperador, para emendar, declarou sorrindo: "Como o senhor é baixinho, vou oferecer-lhe um título que dê a impressão de coisa grandiosa", e o fez barão de Catas Altas.

No inevitável banquete de comemoração, servido nas já famosas baixelas de ouro, diante da sua dom Pedro expressa entusiasta surpresa, e o novo barão exclama feliz:

— É de Vossa Majestade!

Dizem que dom Pedro levou consigo a tal baixela — talvez todas elas — ao voltar para o Rio de Janeiro.

Em 1526, Henrique VIII, rei da Inglaterra, ao visitar o cardeal Thomas Wosley, seu ministro e conselheiro, na sua imensa mansão de centenas de quartos em Hampton Court, disse-lhe que era maravilhosa.

O cardeal, como o nosso Catas Altas, respondeu "If you please, your Majesty!", o rei simplesmente disse "Thank you".

Mas Henrique VIII foi discreto, não levou logo a mansão, deixou seu ministro morrer antes dela se apossar.

Se o nosso barão tivesse conhecido esse episódio, teria certamente se sentido orgulhoso de ter imitado tão nobre e histórico antecedente.

Em escala condizente à sua estatura.

Voltando à nossa história: o nome Taviana vinha de que o cara que lhe forneceu os documentos falsos quando ela deixou a que chamaremos de fase mundana da sua vida — durante a qual, conforme os cinco "c", como ela dizia: "casa, caso, cidade, costumes e circunstâncias", foi *tour à tour* Dedé, Fifi, Dodô, Lulu e Lili — escreveu Taviana em lugar de Otaviana, como ela decidira se chamar. Nada que a mania local de guilhotinar os nomes não pudesse consertar, no caso com Tatá, universalmente aceito.

Naquela noite estavam lá: o acima mencionado barão, homem rico, ruim e rabugento, com a mulher Ana Primavera, nascida Zamichka da Cruz Merluzzi; o doutor José Manuel Belotti Fuckermann, exímio generalista, responsável por algumas mortes locais aceitas de boa graça pelas famílias, respeitosas da vontade de Deus e da do defunto, expressa em valiosos testamentos; o doutor delegado Berenilson Maroso Muflenstatz e senhora, esta de nome Romilda, apelidada Dadinha; o advogado doutor Arthur Mieira Cerrando Pipa, ao qual se atribuía a vantajosa posição de namorado oculto, mas nem tanto, da dona da casa; as irmãs solteiras Manuela e Elisabeth Schmunkt Merenda, aliás Lelé e Lilinha; o coronel Bento Belin do Couto, abastado fazendeiro, e o senhor Mariano Retopado Riveira, dono do grande empório Dia a Dia.

Chegada dos convidados:

Tudo bem?!

TUDO BEM!!

Tudo beeem?

TUDO BOM!

Tudo beeem
Tudo bem?
Tudo bem, tudo bem!
Tudo bem?
Tudo beeem...
Tudo bom?
Tuuuudo bem!
Nada de variações do tipo "como vai?", "é bom vê-lo/la!", "há quanto tempo?", etc., só o "tudo bem, tudo bom, tudo bem", invariável saudação, afortunadamente em tonalidades diferentes, graduadas pelo entusiasmo medido de acordo com a hierarquia subjetivamente atribuída ao saudado pelo saudante, ou vice-versa.

Há uma variante: quando alguém responde com sinceridade que algo *não* está bem, enumerando a morte da mãe, um câncer na próstata e a falência da sua empresa, o interlocutor desconcertado hesita, retém a respiração, olha perdido e inquieto a linha de um imaginário horizonte salvador para, com um sorriso liberatório, finalmente exclamar:

— Mas *o resto*, tudo bem!?

Sem comentários.

Os cumprimentos estabeleceram a esperada facial cordialidade, cuja atmosfera se protraiu até a hora em que o mordomo veio anunciar à dona Tatá "Madame est servie", e todos foram ocupar seu respectivo lugar à mesa, anteriormente detectado no mapa moldurado em vistosa bandeja de prata inglesa, exposto na entrada.

Mas dona Tatá estava furiosa.

Ninguém percebera, mas estava, ô se estava.

A convidada de honra da noite não aparecera, sinais haviam sido intercambiados com o mordomo para atrasar o jantar, não seria possível mais do que até ali, a cozinheira já demonstrava — disse o mordomo ao ouvido da dona da casa — o humor de cão que lhe era conhecido e ameaçava mandar tudo pro inferno, madame pede-lhe o clássico e dramático *pelamordedeusmeacalmeessalouca!*, que o mordomo executa com a diplomacia de um chanceler do Império Central.

Dona Tatá mencionou discretamente a seus vizinhos que a sua amiga dona Eleonora, condessa de la Patumière por quarto casamento, logo seguido de feliz viuvez, chegaria um pouquinho atrasada, enquanto resmungava silenciosamente com seus botões: "*Bordel de putain de merde!* Pra que ter convidado toda essa gente, gastado tanto dinheiro para essa *petite pute*, mulherzinha sem educação", dona Tatá tendo consigo mesma esse tipo de vocabulário, aprendido nos bordéis depois de haver também assimilado os detalhes e requintes da boa educação e do bem receber com madame Margot, dona do melhor deles em Paris, amante de duque de seculares origens nobiliárquicas, despachada para os trópicos pela viúva do dito com consistente compensação — em joias e dinheiro —, investida no destino num novo empreendimento de coletiva dedicação ao amor mercenário já mencionado, logo tornado famoso pelas referências que tinha sabido fazer transmitir aos conhecidos locais pelos amigos do duque, também discretamente favorecidos em sua alcova parisiense.

Levando na bagagem a sua colaboradora preferida e mais hábil, que lhe sucedeu no empreendimento, e agora também gozava de merecida e dourada aposentadoria.

O jantar foi arena de animada e interessante conversa — intercalada pelas costumeiras muletas em cada início de resposta: "Veja bem, o negócio é o seguinte", exclusividade do nosso idioma —, invariavelmente dedicada à genealogia de cada elemento (e à sua conta bancária se masculino, ou ao seu peso se feminino) que viesse a ser objeto de comentários, qualquer tentativa de intervir com argumentos alheios levava ao mesmo fluxo:

— Aqui há um teatro?

— Claro, pertence à família Durtusa da Silveira...

— Sim, a filha deles, a Titica, vai casar com o Pepe, o filho de...

— Claro, depois de perder quinze quilos passou por cima da outra, a Zuzuca...

— A coitada da mãe dela disse que...

E assim a noite toda.

— Vocês leram *A cidade ilhada* de Milton Hatoum?

— Pois é, a Maria Zé me falou dele, sabe, a filha da Lúcia Ricotta da Pista?

— A que casou com o Marquinho Pipa do Remando?

— Sim, a vi no casamento da Lucinha Mirtinho da Costa, engordou.

— Pois é, vocês viram a roupa que lhe fez a Marica?

— Dever ter custado um dinheirão!

— É, com o que o pai... ganhou no ministério!
Et ainsi de suite, und so weiter, and so on, ad infinitum.
Sem chance.

Quando morreu dona Tatá, perdão, dona Taviana da Roda Burina Baqueret, descobriu-se que havia deixado tudo para um filho de nome Gaston, Gaston Dupin, permanecido na França.

☙

Aristide me deixou sem saber mais sobre o tal do Gaston, ele é assim, parece editor de folhetim do início do século passado.
— Até segunda-feira, velho leão — *me disse, sorrindo da minha insatisfeita curiosidade.*

Até adormecer pensei neste país onde, entre idas e vindas, passei a maior parte da minha vida, a terceira parte dos anos que tenho.
Desde a primeira vez, há quase meia dúzia de décadas, ouço falar dos mesmos problemas e das reformas salvadoras para resolvê-los.
Me achei ridículo.
Um Dom Quixote numa cadeira de rodas, prestes a se suicidar, que se preocupa com o país?
Assim mesmo...
...bofe, deixa pra lá. Não é assim que diz a maioria?

XIII

Noite horrível. Meu contador de histórias deve ter percebido porque não lhe fiz muita festa. Sentou tranquilamente, tomou seu gole, tossiu duas vezes, imaginou que seria mais fácil eu me interessar pelo passado comum e voltou ao velho frei que...

☙

...esparramado na sua poltrona, roncava poderosas variações de tuba a trombone, com intervalos de castanholas andaluzas.

Aristide não ia lá havia meses, olhou o velho com ternura, gratidão talvez, quantas coisas aprendera com ele, a alegria de viver entre outras.

Decidiu dar uma volta pela sacristia, cheirava a incenso e a velas, observou os grandes armários centenários que ocupam as paredes laterais da grande porta e suas lindas maçanetas de bronze, o doce *Crucifixo* de Ludovico Brea, pintor da região nascido em Nice, no Quattrocento, que domina a quarta parede acima da enorme cômoda dos paramentos, brilhante pela luz oblíqua da tarde que invadia o silêncio pela grande janela colorida.

Retornou à saleta do frei, sentou numa cadeira com o pensamento voltado para quando a paróquia, até havia pouco, era seu refúgio de garoto inquieto e solitário, constatando, mais cínico, que as estatísticas demonstram que ternura, sensibilidade e cara de pau coabitam com frequência na mesma alma, e a necessidade fazia agora prevalecer na sua a terceira; sorriu da sua sem-vergonhice.

O frei acordou, olhou o rapaz surpreso e incrédulo, levantou dum pulo:

— Você aqui!? — concisão e tom seco da pergunta de múltiplos significados, que o intruso não relevou.

— Sim, reverendo, eu mesmo, preciso falar com o senhor, é importante.

— Então primeiro se confesse! — fuzilou o frei, virando-lhe as costas a caminho do confessionário, o rapaz não o seguiu:

— Confissão que nada, frei Atanásio, preciso é falar com um amigo, não com um padre.

— E quem lhe sugere que eu possa ser amigo de um herege traidor e devasso como você? — berrou o frei virando-se e vindo para cima dele com cara feia, Aristide ignorava que escandalizados cidadãos e furiosas beatas indignadas já haviam devidamente reportado a sua aventura amorosa à suprema autoridade eclesiástica local, e seguiu com tranquilidade:

— Reverendo: o senhor, como pároco desta cidade, tem o dever de proteger suas ovelhas, certo?
— Bem...
— Eu preciso ser protegido.
— Protegido de quem, do diabo que te acompanha?
— De mim mesmo, frei Atanásio, fiz uma besteira e tenho medo de fazer mais.
— Então confesse!
— Não. Quero que o senhor me ajude a não mais pecar, não é esse seu papel de protetor, de pastor?
— Ajudar como?
— Me emprestando o dinheiro que perdi no pôquer ontem à noite e...
— O quê?!!! — explodiu o frei (do campanário saiu vibrando um toque profundo e prolongado do sino maior, houve quem ouviu, ou disse que). — Você tem a coragem... saia daqui, sem-vergonha! — berrou baixinho o frei (já repararam como resulta eficaz, quando não aterrador, alguém berrar baixinho?), com um lampejo no olhar capaz de derrubar o Pentágono, Aristide deu um passo para trás:
— Como o senhor quiser, mas levará a responsabilidade da minha queda definitiva no vício, da minha ida ao inferno sem mais salvação.

Frei Atanásio nunca batera em ninguém, também porque era um colosso e teria machucado o coitado que apanhasse dele, mas avançou uma vez mais com vontade de alongar a mão no rosto desse marmanjo atrevido... reteve-se graças à intervenção de são Francisco de Assis, assim pensou mais tarde.

Depois de longa pausa, voz de navalha, sibilou:
— Quanto perdeu?

❦

Aqui, para saber quanto valia naquela época o dinheiro na Itália comparado a valores de hoje e à nossa moeda, Aristide teve que suspender o relato para calcular comigo a conversão em valor atual do que o rapaz de quinze anos havia perdido, queria ser preciso. Chegamos à conclusão que, de 1940 até há pouco, nossa(s) moeda(s) se desvalorizou(aram) de dezoito zeros (000.000.000.000.000.000), zeros esses que influíram nos problemas sempre atuais da terra do samba e do futebol, com a permanente prepotente explicação de que as vicissitudes de um povo são devidas à sua incapacidade de administrá-las. Tá.

Chegamos a que seriam:

❦

— Trinta mil liras. — (Note o amável leitor que um gerente de banco ganhava mil por mês e que o rapaz havia calculado rapidamente que eram quinze, mas precisava de alguns mais para poder sobreviver até achar algo mais honesto e menos aleatório do que o pôquer para seguir adiante sem voltar a jogar.) — O Gigi-cara-de-camelo, aliás o marselhês...

— O quê?! — este segundo *o quê!* foi menos explosivo.

— Como se meteu nessa, por que não saiu quando estava perdendo, seu estúpido, besta quadrada, filho do demônio — e *patati e patatá*, todos argumentos de quem não conhece o *trás do trás* do bar do Ausenda e seus frequentadores, amigos do supramencionado gigolô de velhas mundanas, aliciador e importador de meninas para bordéis limítrofes, mafioso de segunda, traficante barato, contrabandista de quinta, de elegância excessiva no vestir, mas de fria determinação no agir, cujo olhar assassino Aristide deveria ter observado, e não o fez quando sentou à mesa, e foi sua desgraça, a cicatriz que lhe enfeitava a testa e a base do nariz entortando-lhe o lábio superior, e o ar demoníaco que ela lhe conferia, sendo suficientes para revelar e definir seu passado, presente e futuro.

Aristide tentou explicar ao frei que foi vítima das circunstâncias (note-se que nem sabia da existência do Ortega y Gasset), fruto do acaso e por sorte temporárias, acrescentou o atrevido, pelo que poderia portanto remediar e me emendar, seguiu.

— Se me emprestar o dinheiro — concluiu sem titubeios e prudentemente se calou, com aquele ar esquivo e olhar de esguelha dos que já enxergam a solução iminente ou a catástrofe definitiva.

— Como vai conseguir pagar? — interrompeu seu pensamento filosófico o frei, que havia se acalmado, se inspirado por tudo o que a sua memória e paciência puderam tirar dos evangelhos e sagradas escrituras derivadas sobre a beatitude dos inconscientes.

Aristide, com voz suave e hipócrita, calmamente repetiu:

— Com a ajuda do senhor, digo do senhor frei Atanásio, que, com a bondade ensinada por Jesus, vai salvar uma de suas ovelhas da perdição... — e, antes que o pároco interviesse com a raiva que se lhe pintava novamente no semblante — ...porque não posso imaginar que meu pároco me deixe nesta situação, depois dos anos que dediquei à sua paróquia como fiel seguidor da palavra de Cristo, em honra do qual servi missa, cantei no coro, toquei sinos, dirigi o teatro, marquei gols pelo seu time e...

Aristide pensou que frei Atanásio fosse ter um piripaque, parou, ficou cabisbaixo pensando "se o velho morre, adeus grana", percebeu que o frei não ia ter o troço, imaginou que, em troca, chegaria um safanão que tampouco chegou, levantou prudentemente o olhar...

...o frade abanava a cabeça com o ar de desesperança resignada do juiz convencido de que melhor é entender do que condenar.

— Se lhe emprestar o dinheiro, quando poderá devolvê-lo? — perguntou finalmente a voz, agora de baixo profundo, do frei. — Pensou nisso? O dinheiro pertence à paróquia, eu presto contas ao bispo.

Rá, ráaa!, foi a reação íntima e muda do rapaz, na cuca do qual, desde as primeiras palavras do frei, o pensamento correu com rapidez supersônica à procura de *quem* o ajudaria a reembolsar o frade, em seguida a *quem* mais recorrer para reembolsar o *quem* anterior, e assim seguidamente, até conseguir eliminar aos poucos a dívida com todos os *quems*; naqueles dias benditos, amigos e parentes não costumavam cobrar juros, e os bancos, sem deixar de ser o que eram e são, ainda maneiravam nos ditos.

— Está bem, você terá o dinheiro, mas — esse *mas* não deixaria escolha —, ao menos até sua devolução total, deverá vir servir a missa todos os domingos. O depois fica nas mãos de Deus, se é que Ele irá se preocupar com uma besta como você — bufou o frei, que assim mesmo deu ao réprobo uma afetuosa robusta palmada nas costas, que o empurrou para fora da saleta, de maneira que Aristide não viu sua expressão divertida, nem ouviu que murmurava "Esse aí tem fibra, é dos meus, vai sair dessa, ô se vai!".

Assim era frei Atanásio, *seus* rapazes ficavam *seus* para sempre e o que der e vier, permanecessem ou não no seio da *sua* igreja.

☙

Duas dúzias dos quais, ao fim da Segunda Guerra, deixaram a cidade, alguns foram para os Estados Unidos, dois para a Austrália, outro para o Oriente Médio, o restante para a Argentina, Brasil, Venezuela.

Enquanto eu os contava, Aristide dizia que restavam poucos. Chata, essa mania que os amigos têm de morrer.

Surpreende-se às vezes conversando com eles.

Saudades.

Não quis se comover.

Olhou o relógio, me disse que era tarde, depois de alguns minutos levantou da cadeira.

— Até amanhã, seu dorminhoco — e foi embora sorrindo.

XIV

A CHUVA NÃO PARAVA HAVIA HORAS, a rua exalava monóxido de carbono encardido que o bom cheiro do jardim molhado mal compensava. Bairros alagados, crianças afogadas, carros perdidos, casas desabadas, buracos nas ruas.

Quanto ao resto, não há muito do que se alegrar, a não ser que se considere como supremo e definitivo objetivo da humanidade que a economia real, produzida pelo trabalho, a iniciativa e o esforço, acabe vítima das fantasias criminosas das finanças virtual e não, que existam cada vez mais bilionários, que o lucro dos bancos chegue a níveis nunca vistos, frente à objetável contrapartida de crianças se alimentando de lixo para não morrer de fome, enquanto seus pais extraem dele migalhas.

E demais infinitas tragédias equivalentes.

Escrevo olhando a fotografia de Kevin Carter da menina africana abandonada, um montículo de pele e ossos morrendo, sentada no chão, enquanto a um metro dela um abutre observa pétreo a sua agonia, aguardando o momento de estraçalhá-la a bicadas.

O griot chegou pontual, como sempre. Aliás, não é pontual: chega antes.
Seguiu de onde havia deixado.

❦

No adro da igreja, Aristide respirou fundo, resmungou contra o frei, mas se arrependeu logo: não seriam algumas missas que o distrairiam de seus compromissos com a revolução socialista, além do que tinha problemas claramente capitalistas para serem resolvidos com urgência; iria à procura de Alberto, amigo e parceiro na aventura poquerística, os dois faziam tudo juntos.

Mais sereno, reparou na luminosidade da cidade, a essa hora ninada pelo sol, que dourava as fachadas viradas a poente.

Poucos carros, pessoas andavam preguiçosas olhando as lojas que iam iluminando suas vitrines; um cachorro, que procurava o poste ideal para seu xixi pós-meridiano, obrigava sua dona a estranhos equilíbrios, Aristide teve que pular a coleira esticada através da calçada, quase se espatifou no chão, reteve um palavrão, a visita ao frei havia acalmado sua ansiedade, sorriu à madame constrangida.

 Sabia que nada ainda estava resolvido, mas ao menos havia compartilhado seu problema com a única pessoa à qual poderia pedir ajuda. Sentiu-se levemente incomodado por não estar mais entre os rapazes e moças que frequentavam a paróquia, e assim mesmo ter-se dirigido a ele.

— Deixa pra lá — concluiu em voz alta para afastar suas dúvidas, assustando um cavalheiro conhecido que passava do lado, pediu desculpas.

Estava tão aliviado que deixou a rua principal e foi pelo *lungomare*, o passeio ao longo da praia, mais tarde batizado Argentina devido a uma visita de Evita Perón.

Lá, sentou num banco para se apossar do momento: o mar, imóvel, era um vidro reluzente dos reflexos do último sol, a brisa leve da tarde apenas o acariciava; nuvens brancas se espelhavam no seu azul e nas leves estrias esverdeadas que as correntezas desenhavam na sua superfície.

Três pescadores conversavam sentados nos rochedos.

Um cachorro fazia piruetas engraçadas brincando com as ondas, emitia agudos au-aus quando uma maior o surpreendia.

Uma vela tranquila enfeitava o horizonte.

Três barcos estavam deitados na praia, ao lado da mancha escura das redes que duas mulheres costuravam conversando.

Um indispensável casal de namorados beijava-se num banco a alguns metros dele, observou-os, perguntou a seus botões se os invejava, decidiu que não, que fossem felizes, só.

Paz e vista habitual de um dia de meio outono.

Sentiu nostalgia de como deveria ser, recuou até pouco tempo atrás, até a infância, espaço no qual se joga o primeiro e decisivo *set* da partida frente à vida; voltou a quando era livre, capaz de imaginar seu futuro revolucionário. Decidiu recuperar sua capacidade de escolher, seu entusiasmo pela vida, sua capacidade de evoluir, de imaginar, de sonhar.

Surgiu-lhe uma raiva súbita e intensa contra si mesmo.

Frei Atanásio à parte, iniciaria nesse momento seu caminho de volta ao rapaz que havia sido e queria ser.

Levantou lentamente e foi indo, a passos cada vez mais decididos.

Achou Alberto na marcenaria do pai, contou-lhe toda a história, o amigo fazia cara de quem não acredita, ficaram se olhando, mudos.

— Não será fácil, que prazo tem para pagar o marselhês?

— Uma semana.

— Mesmo que o frei lhe dê o dinheiro não vai ser tão rápido, e você conhece o filho da puta. A partir de hoje você não sai do meu lado, melhor, eu não saio do seu — pensou um momento. — Vamos ter que falar com ele ou com seu capanga cobrador, que não é melhor, avisá-lo que vai pagar sem falta, mas com atraso. O homem é violento, não vai querer que se pense que é frouxo com seus devedores.

Costumava dar um tiro na mão ou no pé, eventualmente no joelho, vimos isso nos velhos filmes de Al Capone, nas besteiras das Brigadas Vermelhas, essa moda vem de longe, Sicília *docet*, Marselha também.

Gigi-cara-de-camelo havia desaparecido da cidade e levado seu capanga, como fazia com frequência, seus nem tanto misteriosos afazeres não eram só locais. Os dois amigos não tiveram jeito de avisá-lo e, como Alberto previra, o frei deu o dinheiro dois dias depois do prazo.

— Temos que nos cuidar — disse Alberto. Aristide nem respondeu.

Medo.

Noite de lua cheia, onze da noite parecia de dia.

Voltando para a casa do Alberto, onde Aristide se refugiara, perceberam o Gigi, revólver na mão, atrás de uma palmeira do jardim da praça em frente.

— Vamos pegá-lo por trás — murmurou Alberto ao ouvido do companheiro.

— O imobilizamos e dizemos que terá o dinheiro amanhã — cochichou de volta Aristide.

— Não vai aceitar — concluiu Alberto, puxou o amigo para o lado, foi para cima do Gigi, golpeou seu braço, a pistola caiu no chão, Aristide o agarrou por trás, Alberto pegou a arma e o golpeou na cabeça, uma, duas vezes, Aristide não teve tempo de segurar o amigo, Gigi dobrou-se para frente, um terceiro golpe na nuca, tentou virar-se para revidar, mas caiu pesadamente de costas.

— Não precisava matá-lo — murmurou, espantado, Aristide olhando o corpo inerte no chão.

— Não teríamos paz, nenhum dos dois decretou Alberto

Mudos, imóveis, ansiosos, espreitando o silêncio, olharam a cabeça sanguinolenta que ia manchando o chão, o brilho nos olhos entreabertos e fixos parecia revelar que Gigi sabia ser esse o fim que fatalmente lhe caberia um dia.

Surgiram-lhe perguntas confusas, matar é sempre a solução mais simples? Destruir é sempre mais fácil? Risca o amanhã e todas as dúvidas que inclui e suscita? Nenhum remorso? Só mais tarde, ou nunca? Na hora, matar anula o problema, o tempo para, o futuro não existe?

Deixou de pensar besteiras, a atualidade pressionava.

Não havia sinal de vida, Alberto não conseguia se afastar do cadáver, num súbito ataque de riso, quase um soluço, murmurou:

— Reparou que, morto, o sacana parece menos estúpido?

Aristide dispensou o humor, o arrastou para longe dali, pensava cinicamente que Gigi não valia o ar que respirava, dane-se, tinha inimigos, irão atrás dele.

Deixaram a cidade por um tempo, uma féria paga com parte do dinheiro do frei, até saber que ninguém os procurava.

Na volta, as sucessivas, hábeis e até engraçadas operações financeiras efetuadas por Aristide deram certo: uma tia rica, sempre há uma na vida da gente, lhe emprestou o que haviam gasto, outro tio a metade do que devolveria à tia, um amigo emprestou o necessário para completar, etc. etc., e como, bem ou mal, entrava algum dinheiro, presentes de aniversários, bicos, Natal, dia de santo — na Itália o onomástico é quase tão importante quanto o aniversário, ou era naquela época —, com essa ginástica financeira o rapaz conseguiu devolver o dinheiro ao frei Atanásio e aos demais.

Saiu dessa história com a fama de rapaz cumpridor, sério, honesto, confiável, etc. e tal.

Crédito é isso: resultado de meios. E não ponham a culpa no Maquiavel.

O dia em que recebeu o saldo, frei Atanásio sorriu satisfeito, o rapaz havia conseguido. Sem se sentir culpado, abriu uma garrafa do vinho reservado às visitas do bispo e brindou com os dois amigos. Seguramente pediu perdão, talvez piscando o olho aO lá de cima, e dedicou um sorriso irônico ao Cara lá de baixo, o qual, se existe, deve estar esperando os dois amigos.

Também por lá estará à sua espera Gigi-cara-de-camelo.

Difícil prever qual dos dois será o pior.

Quando, alguns anos depois, frei Atanásio foi substituído como pároco da cidade, o bispo entendeu que após tanto tempo — quanto nem mais lembrava — seria um crime afastá-lo das suas ovelhas.

Mas o que realmente impediu que fosse removido para um convento foi a quase revolução que Alberto, Aristide e eu ameaçamos suscitar, juntando ex-marmanjos, ex-mijonas e relativos familiares e amigos em frente à matriz por ocasião da Missa Pascoal, atrás de um enorme cartaz que rezava "Frei Atanásio é nosso", quem sabe influenciados pela longínqua campanha sobre o petróleo brasileiro, a telepatia coletiva tem alcances misteriosos, capazes de superar os oceanos.

A maior matança da história se iniciara na Europa com a Segunda Guerra Mundial, a Itália de Mussolini entraria triunfalmente nela ao lado dos nazistas. SM, o reúnculo, mudaria de lado três anos depois, seus aliados originais ocupariam o país, haveria a matança da guerra civil, centenas de milhares de cadáveres de seus pobres soldados semeados em vários países de dois continentes, seu maior e mais estúpido fracasso histórico.

O único aspecto positivo foi que as besteiras bélicas do Duce esculhambaram os planos do Estado-Maior de Hitler, e contribuíram para a derrota do nazismo.

Mussolini foi militante socialista, jornalista do Avanti, *soldado, depois da guerra mudou de campo, fundou os Fasci di Combattimento no dia 23 de março de 1919. Em 28 de outubro de 1922, liderou a marcha dos seus bandos sobre Roma, o rei Vittorio Emanuele III lhe confiou a chefia do governo da Itália.*

Quem foi a partir daí? O historiador Denis Mack Smith o define o "maior turiferário de si mesmo" e, como tal, quis a custosa, extemporânea e criminosa semiconquista da Etiópia e a refundação do império mais transitório da história.

Perdoe o leitor mais esta digressão, serei breve. É que esse período e aspecto da história do meu país de origem é pouco contado, especialmente neste momento de reaparição ostensiva dos herdeiros do seu intérprete (por que será que de repente me vêm à mente ratos e esgotos?).

Hitler conhecia a fraqueza militar da Itália e a pouca vontade de lutar do seu povo. Considerava Mussolini seu amigo e mestre ideológico, mas o preferia neutro, papel de coadjuvante, que o ego do Duce não podia aceitar; sobretudo quando a França foi invadida, seu exército se desfez, as tropas inglesas tiveram que ser desastradamente retiradas e embarcadas em Dunkerque, e o Reich parecia que iria logo alcançar a vitória total.

Disse que precisava de 10 mil mortos para poder sentar à mesa dos vencedores, e no dia 10 de junho de 1940 declarou guerra à França e à Inglaterra.

Note-se que a França se rendeu depois de poucos dias, caso contrário o exército francês dos Alpes teria penetrado em Piemonte.

A "Armada dos Perfumes" — assim era chamada a tropa italiana porque, mais do que a outra coisa, se dedicava ao contrabando dos tais — ocupou triunfalmente... alguns quilômetros quadrados do território francês.

Isso não podia ficar assim e, no dia 28 de outubro de 1940, sem avisar Hitler, Mussolini atacou a Grécia, na louca esperança de se antecipar aos alemães na ocupação dos Bálcãs.

As tropas italianas, mal equipadas e com armas da Primeira Guerra Mundial, quase foram empurradas ladeira abaixo pelos gregos até a costa da Albânia, o exército alemão teve que intervir, invadindo a Grécia pelo norte, alterando seus planos, dando aos aliados uma vantagem estratégica inesperada, e motivo para intervir na região.

Mais: enquanto as tropas italianas na África Oriental e na Etiópia eram facilmente neutralizadas pelos ingleses, Hitler teve que enviar reforços para ajudar o exército italiano na Líbia, atravessando o mar Mediterrâneo dominado pela frota inglesa, imprevistos desgastes que pesaram sobre a economia de guerra da Alemanha, e condicionaram a capacidade militar do seu Estado-Maior.

Belo trabalho, para quem se atribuía uma infalível visão do futuro — "meu faro de animal nunca me engana", afirmou, e "gostaria de errar, mas até agora nunca aconteceu" —, levou seu regime à falência, debilitou seu aliado teutônico, causou a ruína do seu país, e acabou fuzilado e pendurado pelos pés num posto de gasolina.

Matéria para um novo Shakespeare ou um trágico grego. Ou um Ionesco?

XV

*L*EONARDO CHEGOU ANIMADO:
— *Estava com saudade de vocês! Beijos e abraços.*

Aristide disse que hoje não contaria causos, mas leria o que tinha recebido pela internet e impresso para mim, puxou uma folha de papel.

⁂

— Você vai achar que são piadas — começou —, não são. Cada fim de ano circula pela internet, ou pelo correio, uma listagem de pérolas colecionadas por um professor nas provas de vestibulandos. Estas são as do ano passado, não muito diferentes das anteriores, retiradas das provas da UFRJ, com comentários dos próprios professores que se encarregaram da hilária tarefa de corrigir os exames desses gênios, ouçam: Lavoisier foi guilhotinado por ter inventado o oxigênio. *Já imaginou?* O nervo ótico transmite ideias luminosas ao cérebro. *Se o cara é obtuso, o nervo dele deve transmitir ideias sombreadas.* O vento é uma imensa quantidade de ar. *Que coisa, não havia pensado nisso.* O terremoto é um pequeno movimento de terras não cultivadas. *Só faltou completar que esse movimento é um braço armado do MST.* Os egípcios antigos desenvolveram a arte funerária para que os mortos pudessem viver a eternidade. *Nada mais justo, não dá para viver a eternidade sem conforto.* Péricles foi o principal ditador da democracia grega. *Isso. Stalin foi o principal seguidor de Mahatma Ghandi...* O problema fundamental do Terceiro Mundo é a superabundância de necessidades. *A criatura que escreveu isso deve ter raciocinado com a própria abundância, e não com o cérebro.* O petróleo apareceu há muitos séculos, numa época em que os peixes se afogavam dentro d'água. *Sim, isso foi no mesmo período geológico em que as aves tinham vertigem e as minhocas claustrofobia.* A principal função da raiz é se enterrar. *Impressionante.* O sol nos dá luz, calor e turistas. *Esse, com certeza, é carioca.* As aves têm na boca um dente chamado bico. *Fiquei de queixo caído. Ou melhor, de porta-bicos caído.* A unidade de força é o Newton, que significa a força que se tem que realizar em um metro de unidade de tempo, no sentido contrário. *O relógio desta anta deve ter centímetro, metro e quilômetro.* Lenda é toda narração em prosa de um tema confuso. *Todo discurso de político é uma lenda.* A harpa é uma asa que toca. *Imagine a definição dele para um trombone de vara...* A febre amarela foi trazida da China por Marco Polo. *Se Marco Polo tivesse viajado à América, teria trazido a febre vermelha dos índios.* Os ruminantes se distinguem dos outros animais porque o que comem, comem por duas vezes. *Este deve ser um grande observador da própria família.* O coração é o único órgão que não deixa de funcionar 24 horas por dia. *Imaginem o alívio que senti ao ler isso.* Quando um animal irracional não tem água para beber, só sobrevive se for empalhado. *Deve ter sido o destino do autor desta frase.* A insônia consiste em dormir ao contrário. *Perfeito. Morte é viver ao contrário.* A arquitetura gótica se caracterizou por fazer edifícios verticais. *Melhor deixar...* A diferença entre o Romantismo e o Realismo é que os românticos escrevem romances e os realistas nos mostram como está a situação do país. *???* O Chile é um país muito alto e magro. *Confundiu o Chile com o nosso ex-vice-presidente Marco Maciel.* As múmias tinham um profundo conhecimento da anatomia. *Essa é a mais marcante.* Na Grécia a democracia funcionava muito bem porque os que não estavam de acordo se envenenavam. *Pensando bem não é uma má ideia, o difícil é convencer as pessoas.* A prosopopeia é o começo de uma epopeia. *Cem epopeias devem fazer uma centopeia.* Os crustáceos fora d'água respiram como podem. *Coragem, faltam poucas.* Os hermafroditas humanos nascem unidos pelo corpo. *E os xifópagos são indivíduos bissexuais...* As glândulas salivares só trabalham quando a gente tem vontade de cuspir. *Pois é.* Os estuários e os deltas formam os primitivos habitantes da Mesopotâmia. *O que é iiiisso!* O objetivo das sociedades anônimas é ter muitas fábricas desconhecidas. *O tráfico de drogas é a maior S/A. A seguinte é pior.* As sociedades são anônimas porque os sócios não precisam mostrar carteirinha. *Incrível, um humorista não faria melhor. E esta:* a Previdência Social assegura o direito à enfermidade coletiva. *Faz sentido. O plano de saúde só servirá na ocorrência de epidemias.* A respiração anaeróbica é a respiração sem ar que não deve passar de três minutos. *Que seja...* O calor é a quantidade de calorias armazenadas numa unidade de tempo. *Isso desanima.* Antes de ser criada a justiça, todo mundo era injusto. *É a última, ainda bem.*

E acrescenta o colecionador e comentarista dessas pérolas:

— O pior de tudo isso é pensar que todas elas são respostas reais, de jovens que estão dando seu máximo esforço para tentar entrar na faculdade, e serão os médicos que tratarão da sua saúde, os políticos que administrarão este país, etc. etc.

◊◌

Enquanto eu dava risadas observava Leonardo, sombrio apesar de ocasionais sorrisos forçados; percebi que não estava gostando, devia se sentir atingido, essa gente é da sua geração.

— Muito engraçado — disse friamente — claro que no tempo de vocês, esse tempo único, mítico, quando vocês estudavam seriamente, etc. etc., todos inteligentes, esforçados, isso não acontecia! Vão continuar com essa comparação? Até parece que fomos nós que estragamos tudo, deixamos os imbecis se instalarem no comando, destruímos a escola pública, criamos faculdades de fundo de quintal, vendemos barato a educação ao mercado, que a banaliza e desqualifica seu papel transformando-a em serviço, mercadoria, que revende cara e

deteriorada. Nós não estávamos lá. O mundo que vocês nos deixaram é que nos deve desculpas, não nós a ele!
Estava irritado, levantou e foi embora.
Não o seguramos, Aristide me olhou fixamente, parecíamos dois velhos perdidos.
— *Deixe, está ofendido. Vai passar.*
— *Sei, eu deveria ter evitado, mas não imaginava que viria hoje. Não é justo. Esquecemos, repito, que nós tivemos tempo, longas noites e dias lentos, de sonhos, pensamentos e debates; o que eles têm hoje? Pressa, noites e dias encurtados por objetivos impostos e urgentes, perseguidos com raiva. Nós nos achamos superiores, só somos experientes.*
Tocou o telefone, Maria veio dizer que era Leonardo, queria falar com "um dos dois", peguei o aparelho, pisquei o olho ao Aristide, afinal eu sou o avô:
— *Alô, Leonardo, onde...*
— *Deixe eu falar, vovô, por favor. Desculpem que tenha saído assim, mas parem de fazer comparações ou eu também as farei, e não serei amável.*
— *De acordo. Esperamos você para jantar. Beijos.*
— *Beijos, vô, até já.*

Foi só depois do jantar que Aristide voltou ao assunto. Estava inquieto, com medo de criar atrito com o rapaz, mas não queria perder essa oportunidade única de conversar com ele.
— *Desculpe, Leonardo. Acho que se na nossa juventude tivéssemos vivido a mesma fugacidade temporal e suas causas, teríamos sido como vocês. Ela teria moldado nossa vida,*

apagado nossos ideais, aguado nossas opiniões, teríamos também sacrificado tudo ao momento, aos quinze minutos de fama ou ao que a isso fosse equivalente ou imposto pela sobrevivência. Seu presente é corrosivo de valores e impulsos vitais, a pressa, o medo, ofuscam o futuro, a utopia é considerada loucura, enquanto a loucura da realidade virtual reina soberana na aparente racionalidade de algo que chamamos mercado...

Meu amigo fez uma pausa para um gole, ninguém interferiu, seguiu:

— ...que implica indiferença pelo social, pela natureza, na hipócrita política de disfarce da tragédia na qual vive metade da humanidade, enquanto o mundo avança nesse perpétuo começo e recomeço de tudo que sufoca as mentes e as consome sem pausa, na competição obsessiva de todos contra todos.

O rapaz sorriu irônico, era claro que queria seguir debatendo, mas já era tarde, por respeito a nós velhos calou.

Um perfume úmido da terra molhada entrava pela ampla janela aberta, nenhum dos três havia notado a chuva que acariciava as folhas e a grama do jardim, com leves mudanças de tom no delicado sussurro musical que delas extraía.

— Acho que vou ter uma boa noite de sono — disse.

— Vamos seguir esta conversa outro dia — acrescentou Aristide.

— Ficam me devendo isso — concluiu Leonardo, por sorte sorrindo, o que nos tranquilizou.

Puros enunciados de intenções. Os adeuses, nas reuniões, sempre são o início de uma longa conversa, já vi: numa festa a esposa diz ao marido "Vamos, querido", ele cai nessa, cumprimenta rapidamente os vizinhos e os donos da casa e...

...acaba esperando quarenta minutos na saída.

Será que é tão difícil dizer boa-noite e se mandar?

No caso, os quarenta minutos seguintes foram dedicados a um monte de et coetera, *até a garrafa estar vazia.*

Outro abraço, os dois se entreolharam, me entregaram à Maria e foram embora.

Em paz.

Ainda bem.

XVI

*H*OJE ARISTIDE FALOU *do encanador que não havia ido à casa dele como combinado, da empregada resfriada, do tempo instável, parecia papo de elevador.*

Copo na mão, foi andando para cima e para baixo na minha frente.

Às vezes é assim, se faz de rogado.

Dez minutos.

Finalmente decidiu continuar o capítulo do folhetim dedicado à dona Tatá, mas antes tive que ouvir a história do filho dela.

❦

Gaston Dupin havia conseguido esse sobrenome de ortografia manipulável nos documentos fornecidos pelo mesmo artista falsificador de Marselha. Manipulável porque lhe permitia não negar, ou se fazer de desentendido, se alguém achava que seu sobrenome fosse *du Pin* em lugar de Dupin (esse *du* — ou *de* — minúsculo sendo, na França, uma *particule*, signo de nobiliárquica descendência) e eventualmente imaginá-lo membro da notável família La Tour du Pin.

Depois de ter jogado a fortuna herdada, seguira o caminho da mãe: seu tipo de atividade era outro, mas as matérias-primas seguiam sendo a pouca vergonha dele. E as mulheres dos outros.

Alto, bonito, elegante, o jovem Gaston; bigodinho *à la* Clark Gable em ...*E o vento levou*, na época desta história mora no Bolívar, o melhor hotel de Lima, cidade onde pouco se sabe dele, e elas não faltam, lindas e ricas, como ele as quer e não lhe é difícil achá-las naquele ambiente francófilo e esnobe. Ou suposto tal. Poucos têm as indispensáveis qualidades de Oscar Wilde para sê-lo.

Herdeiro da habilidade verbal e de maneiras da mãe, fascinava suas presas com seu vasto — se bem que superficial — conhecimento de fatos, episódios, nomes, conceitos, tão banais quanto importantíssimos nesse ambiente, simulando um saber que não teria resistido ao mínimo aprofundamento, de qualquer forma improvável.

Se necessário ou oportuno, sabia insinuar, sem afirmá-las, intimidades — ou até laços de sangue — com boa parte do *Gotha* francês, eventualmente do europeu, com a leveza de tom e gestos adequada a convencer a audiência da sua familiaridade com aquele mundo.

Sabia, com a mesma hábil superficialidade, estender sua atuação à história, ou melhor, à *petite histoire*, citando detalhes e episódios secundários de esperado impacto. Um deles, relativo à vida de Ahmed Pachá, acabou comprometendo sua estratégia.

Está contando as aventuras desse personagem a cinco jovens limenhas, carregadas de ouro, contidas em esvoaçantes e coloridos vestidos primaveris. Dá a uma delas maior atenção, pois, nas últimas semanas, em diversas recepções, notara que ela o observava com insistência — atitude, na época, inusitada numa moçoila da sociedade local —, que a definia como sua próxima caça.

— Continue, por favor — alentam as moças. — É tão interessante — acrescenta a desinibida.

— Estamos no fim do século XVIII, um jovem aspirante oficial da Marinha francesa luta valentemente às ordens do grande almirante Tourville, descobre-se que nem tem dezoito anos, é expedido de volta à casa dos pais, mas já com o grau de oficial. De volta a Paris, dirige palavras pouco simpáticas a Madame de Maintenon, amante oficial do rei Louis XIV, é punido, se refugia na Áustria, luta às ordens do príncipe Eugênio de Savoia contra os turcos, também cria uma situação difícil ofendendo a amante do príncipe e, se não me engano — segue seu conto Gaston Dupin, du Pin, ou como se chama nosso herói nesse momento —, bate-se em duelo com o próprio, se refugia na Itália, adquire um regimento de mercenários, luta em favor de alguns senhores locais, não sossega, cria problemas com o papa, cede o regimento e acaba em Constantinopla.

Gaston gostaria de terminar por aí, mas...

— Eeee? — as cinco a uma só voz, ele acaba logo:

— Em Constantinopla se converte ao Islã, é nomeado paxá com o nome de Ahmed, e lá, como tal, morre.

Nosso Gaston, preocupado em enterrar rapidamente seu herói, não havia reparado que um senhor de certa idade, como se diz de velhos cavalheiros ainda em forma, se aproximara até a distância necessária para ouvi-lo.

Esperou até as jovens irem juntas — como sempre — ao toalete, se apresentou com aquele barulho verbal próprio de quem não quer ser identificado e

— Estive ouvindo a sua interessante história, com quem tenho o prazer?

— Gaston du Pin — respondeu, com leve hesitação no *du*.

— Poucos conhecem essa história, a não ser quem frequenta a família ou a ela pertence. Posso oferecer-lhe um martini?

Gaston não percebeu que estava entrando na fria da sua vida limenha, aceitou, foram sentar no bar, chegaram os martinis.

— Meu estimado du Pin, como vai a prima Geneviève? — pergunta. Ñññññññ, a ficha não cai, o coitado responde:

— Não a vejo há tem... — não consegue concluir a frase. Ñññññññ, levanta-se sibilando.

— Não existe nenhuma prima Geneviève! — e enfia-lhe na cara uma bofetada que retumba no hotel inteiro, não lhe dá tempo de reagir, joga-lhe no colo um cartão de visita:

— Sugiro que o senhor deixe a cidade hoje mesmo — a voz dele é glacial, vira-se e vai embora, passando triunfalmente pelo meio do corredor formado pelos que a seca bofetada atraiu, enquanto as cinco moças assistem à cena da porta do toalete.

A de olhos lindos veio pegar Gaston pela mão:
— É meu tio, não o havia visto, lamento, vamos, acho melhor para você. Meu nome é Soledad, venha.

Foram lentamente embora, ele com a cabeça vazia, ela sustentando o peso da muda crítica dos presentes, sem se deixar intimidar pelo olhar direto dos homens e hipócrita das mulheres, por estar infringindo as regras ainda em vigor para as moças de família, nessa sociedade cheia de preconceitos, não por último o racismo: as mulheres de origem espanhola não depilavam suas pernas e sovacos para mostrar que não eram índias, não serem confundidas com *cholas*.

Soledad sabe que o lindo Gaston não tem muita vontade de trabalhar, que tem uma amante rica que o sustenta, que é jogador, mas está a fim dele.

Lucero, a irmã de Soledad, sai discretamente atrás dos dois, os leva para casa. É casada com um médico italiano que fez sucesso e dinheiro, Soledad vive com eles para lhe fazer companhia, de fato porque a irmã prefere tê-la perto, conhece os fáceis entusiasmos da moça pelos homens bonitos.

No carro ninguém fala, só em casa, sentados na sala, Gaston com um duplo uísque na mão, que Lucero o força a aceitar de tão pálido que está.

— Soledad — a voz de Lucero é firme —, você fez uma besteira, sabe como é seu tio, agravou a situação deste rapaz. Certos contrastes só se resolvem com meios definitivos, você, Gaston, vá embora, mude de cidade, saia do país. Nosso tio não perdoa, você até lhe deu uma boa oportunidade de mostrar a seus pares que continua o mesmo; ele o desafiará e você morrerá, é bom de espada e de revólver, e se você se recusar a se bater estará desmoralizado.

— Lucero tem razão — confirmou Soledad, Gaston acenou duas vezes sim com a cabeça. — Por favor, Lucero, hospede o rapaz ao menos esta noite. Enviarei alguém ao hotel pegar as coisas dele e pagar a conta, amanhã irei com ele para fora do país.

A irmã ficou escandalizada, mas acabou vencida, conhecia a irmã, só pôde implorar:

— Você volta rapidamente, não quero enfrentar meio mundo para defendê-la. Você é daqui, não estrague seu futuro. Acaba de conhecer este rapaz, ele não tem nada, vai seguir com sua vida sem rumo...

Gaston falou nessa mesma noite com a sua amiga, a qual, como acontece nessas rodas exclusivas, já sabia de tudo e entendeu.

A despedida foi ardente, tipo *última vez*, sexo, lágrimas e riso, o percurso até a cama teve várias etapas: nos tapetes, na mesa, no sofá, até os dois ficarem sem fôlego e forças.

Ao se recomporem, mudos, exaustos, a luz do dia já definia sombras no quarto, recobraram a noção da realidade.

— Pelos bons momentos, um pouco por carinho e muito por pena — disse a ele a amiga ao lhe dar dinheiro suficiente e recomendações válidas para amigos na Espanha, destino imediato dos dois fugitivos.

    Soledad jurou que nunca mais voltaria a Lima.
    Ignorava que a vida tem vontade própria.

XVII

*E*U NÃO TINHA PERCEBIDO *que Leonardo intensificava suas coincidências com Aristide, mas ia embora de forma discreta quando o assunto não lhe interessava; assim foi ontem, a história de Gaston era claramente um deles.*

Hoje veio cedo, nem lhe deu tempo de iniciar, assim que o viu entrar lhe pediu que contasse mais sobre o engajamento político nos nossos tempos.

— Hoje é difícil imaginar jovens daqui capazes de arriscar a vida por um ideal — eu disse —, uma causa que não dê resultados imediatos. Há impulsos de raiva, de rebelião, recalques de toda ordem, mas se expressam à margem da sociedade, na violência gratuita, na banalização do sexo e da droga, no banditismo, nos assaltos, arrastões, nas brigas nos estádios, nos rachas, nas raves, nos garranchos dos grafiteiros, mas não se adensam em ideais nem, ao menos, em desejo de tê-los.

— Talvez porque quando éramos jovens ainda tínhamos tempo de pensar — respondeu Aristide.

Ele não quis ser ruim, parou por ali, suspirou fundo, levantou, deu uns passos pela sala até a porta-janela que dá para o jardim, dobrou e esticou as pernas como fazem os cavaleiros ao desmontar do cavalo, voltou a sentar, levantou novamente, seguiu seu ir e vir.

— Passarão anos de tumular incapacidade de rebelião, de inutilidade de eventuais tentativas de mudar o mundo — disse ele com voz apagada. — Aos que dominam o mundo, basta apertar alguns botões de um teclado para movimentar dinheiro, armas, organizações, mercenários, todo o arsenal capaz de sufocar rumorosa ou silenciosamente, conforme o caso, qualquer tentativa, pacífica ou revolucionária que seja. O que é pior, o terrorismo lhe fornece tolamente todas as justificativas. Nessa confusão geral, o risco de defender causas erradas é enorme. Só uma implosão do sistema pode trazer mudanças.

Não para quieto o meu amigo; não entendo essa agitação, limito-me a observar que olha longamente um quadro na parede à sua frente, uma praia de Giuseppe Balbo, pintor da Riviera, e outra de Domenico Pagnini, um dos seus discípulos. Exalam cheiro de sal e perfume de mar, como as praias do nosso Pancetti.

Seus olhos vagam pela sala observando um ou outro objeto como se nunca os tivesse visto; acho que se preocupa comigo, temor de contar lembranças tristes?

Finalmente baixa a cabeça, volta a falar olhando para mim, mas como se fosse para si mesmo.

— Lembra como você e Tigre foram caçar Rinaldo, quase o pegaram, mas ele conseguiu se safar? — diz finalmente —, e pouco depois nós dois pensávamos tê-lo encurralado, mas escapou novamente? Com o tempo o esquecemos.

Entendo, quer mostrar a Leonardo que também existiam os que lutavam do lado oposto.

O irmão de Giancarlo conseguira fugir da Itália protegido pelos padres. Os supérstites dos SS alemães haviam organizado rotas de fuga e facilitaram a sua pelos méritos adquiridos com seu comportamento abjeto: semear mortes, denunciar judeus, fuzilar prisioneiros, assistir a torturas, ele mesmo torturar.

Todos esses delinquentes tiveram quem os protegesse, e, em nome da misericórdia de Deus, muitos conventos os ampararam.

Volta à mente o passado, ainda vivo na memória. Aristide fala baixo...

Riccardo.

Outro amigo resistente capturado pelos fascistas.

Frei Atanásio usara seu prestígio, as autoridades locais comunicaram-lhe que poderia avisar os pais que o rapaz seria libertado e entregue tal hora, no cemitério da cidade vizinha.

Cheios de esperança foram lá, acompanhados pelo frade, na madrugada de uma noite escura e fria, triste de chuva fina.

Deveriam ir sozinhos e esperar na entrada, só os três, o que fizeram, embaixo da massa compacta da copa de uma árvore, que frei Atanásio imaginou ser a asa de um ameaçador anjo negro imenso. No íntimo previu o pior, enquanto observava com imensa pena o pálido rosto da mãe do rapaz, e as lágrimas escorrer pelo rosto do pai, que chorava sem perceber.

Um caminhão passou ao lado deles, parou mais adiante.

Foram chamados dali a pouco por um SS italiano, correram, viram um corpo no chão, uma figura de breu lhes fez o gesto de parar, seu silêncio hostil e o olhar, atrás do qual só havia frieza, violência e morte, os paralisaram.

— Ali está seu filho, podem levá-lo — disse finalmente, com aquela voz estridente dele desde a infância, que dava arrepios, e subiu com o soldado no caminhão, que arrancou raspando o chão com violência.

Os pais se precipitaram, o rosto de Riccardo estava reduzido a uma máscara sangrenta, a mãe se jogou sobre o filho, o marido e o frei não conseguiram detê-la.

O rapaz ainda respirava, mas morreu instantes depois sem pronunciar palavra. Deviam tê-lo torturado até pouco antes, uma mão estava em sangue, haviam lhe arrancado unhas; Riccardo tocava piano, amava o jazz, Rinaldo sabia o que fazia.

Aristide lembra Victor Jara, o chileno, 1973, seus algozes obrigaram-no a tocar violão depois de terem massacrado suas mãos, o estádio no qual isso e mais atrocidades aconteceram agora leva seu nome.

Só por um tempo uma rua da cidade levou o nome de Riccardo, Aristide e Romeo pintaram a placa provisória. Mas a memória dos homens é curta, hoje o que resta dele é seu nome gravado na pedra de um monumento.

E estas minhas poucas palavras.

Os do outro lado querem reduzir o valor do que foi a luta pela liberdade. Em todo lugar é a mesma escória que fala.

No velório, uns poucos corajosos.

Frei Atanásio soube limitar suas palavras sem que elas perdessem a força do horror e a doçura do consolo, falou do ressurgimento da humanidade ferida.

Na entrada da igreja, três sujeitos em uniforme negro, soturnos e impassíveis, impunham a realidade.

O pai de Riccardo enlouqueceu, a mãe morreu de dor poucos meses depois.

❦

A história repete essas tragédias, as vivemos não há muito nesta nossa parte da América, no nosso país; há muitas atuais no mundo.

Poucas pessoas conseguem se manter serenas a respeito, é o caso de meu colega Edoardo Coen. No seu livro Era guerra... e eu, um menino, *comovem a espontaneidade, a ternura e o humor que permeiam até as páginas dolorosas e tristes; e a sinceridade, o desejo de comunicar carências e valores, medo e coragem, ansiedade e alívio, ingenuidade e decepção.*

Sem heróis e mártires.

Só a realidade: os indiferentes, os carrascos, as vítimas.

Os piores são sempre os primeiros, por não terem memória, por sua capacidade de justificar os carrascos, quando não desejar seu retorno para que preservem seus privilégios.

Além do que essa história de heróis cansou.

Queremos é cidadãos. Pessoas capazes de ser cidadãos do país em que se encontram, seja ele qual for.

Em seu livro Perciliana e o pássaro com alma de cão, *Luiz Horácio faz o velho Hildebrando dizer à neta:*

— Pois fique sabendo, minha filha, que não existem heróis. O que todos chamam de herói é na verdade um covarde encurralado. Aqui na estância só tem gente comum, gente de bem, não carece de heróis. Quero que esses tais de heróis se desgracem bem longe dos meus olhos.

XVIII

*A*O DEITAR, *voltei a ver Rinaldo rapaz: um porco. Tinha a mania de se cutucar e espremer uns pontos de gordura que se formavam no seu rosto. Nojento.*
Mas acabei adormecendo. O sono ajuda, risca, consola, sei lá, acordei mais sereno do que estava ontem na hora de dormir.
Leonardo chegou, cumprimentou, sentou, permaneceu mudo.
Meu griot *começou em tom descritivo.*

※

Uma noite, anos depois. A estrada cinzenta e molhada escorria rapidamente debaixo do seu carro, que parecia engoli-la. Aristide tinha a impressão de entrar num túnel que se afunilava, de ser sugado por um vórtice. Assustou-se, percebeu que estava bêbado, num lampejo de lucidez conseguiu desacelerar até parar no acostamento, desligou o motor, estava aterrorizado, fechou os olhos.

Como foi que não se deu conta de que havia bebido demais?! Esbarrou nas duas portas do bar ao sair, tropeçou na calçada, teve dificuldade de enfiar a chave na fechadura do carro... "Puta imbecil, quer morrer, seu burro!" Não devia ter ligado o motor, sabia, mas nessa hora sobressai o machão.

Raiva de si mesmo.

Foi se acalmando, relaxou.

De vez em quando ouvia passar um carro; quando vinha em sentido contrário, o chiado durava menos.

A cada passagem abria os olhos, a chuva não parava, brilhava no facho luminoso dos faróis; gotas pesadas estouravam prateadas no asfalto, dançavam crepitantes sobre o capô, explodiam contra o vidro apesar do carro estar parado, devia ventar.

Meia hora? Uma hora? Pouco importava quanto teria ficado ali, sonolento, arrotando e peidando mansinho, sem conseguir pensar em nada, a não ser no seu pobre estômago saturado de uísque, enquanto o fígado lhe amargava a boca.

De repente teve medo, como não o haviam ainda assaltado, tempo demais para um bêbado sozinho num carro à beira da estrada?!

Culpa do Alberto, o velho amigo e camarada.

— O desgraçado não devia ter falado do passado, estou farto dele, cheio, até aqui daquilo tudo, chega! — berrou dando um murro no volante.

Além do mais havia quanto, quarenta anos? Cinquenta? Não, mais, enfim, tempo suficiente para ter esquecido tudo.

Ao menos bastante para acreditar, se convencer, imaginar, que aquilo tudo já fosse longe lá atrás, esquecido. Mas não, o cretino do Alberto traz de volta tristezas, remorsos talvez? Tivesse falado enquanto estavam sóbrios, vá lá, mas bêbados, francamente!

Maldita noite.

E logo no O *portal da saudade*, saudade do quê, cara pálida, de anos malditos, de fome, noites inseguras, perigos imanentes, angústia, morte.

Como acontece aos bêbados, passou facilmente da tristeza à alegria, não era de se amargurar por muito tempo, despachava as nuvens negras do seu céu com facilidade, em pulos que a mente faz para não nos deixar afundar na depressão ou morreríamos todos antes dos trinta. Lembrava dos episódios positivos, jogava os negativos atrás dele, como os antigos gregos.

— Bem, não só tragédias — pensou em voz alta.

A fome na província era grande, tinha que atravessar os montes, ir por etapas até a região limítrofe usando qualquer meio ainda disponível, caminhão, trem, charrete, bicicleta, a pé.

Aristide foi com uma grande mala cheia de sal — que se fazia fervendo água de mar nas praias — e azeite, única riqueza local, para trocá-los por farinha e carne. Haviam voltado os tempos do comércio do sal feito pelos árabes — li isso em alguma parte —, que desembarcavam na nossa costa para levá-lo ao norte, onde ainda há uma aldeia habitada por descendentes deles.

Na volta, tinha que lutar para escalar o trem que milagrosamente ainda funcionava no último trecho do percurso, mas ali os fascistas e os alemães bloqueavam quem chegasse carregado e tiravam-lhe parte do que trazia: se duas malas ou equivalente, perdia uma; se só uma, metade do conteúdo.

Ao entrar na estação, do fundo da fila que se alongava à frente dele, e ia se formando atrás com os que chegavam, viu que as malas e trouxas confiscadas iam sendo amontoadas do lado direito. Passou a sua mala da mão direita à esquerda e, antes de chegar onde estavam os soldados, com a habilidade de um ladrão de feiras, pegou uma qualquer; ao passar pelos tais, soltou a mala roubada e seguiu adiante com a dele, rindo por dentro por ter sacaneado os malditos.

O trem estava repleto feito o metrô de Tóquio, no qual você tem que conservar os braços ao longo do corpo porque, se os levantar, não consegue mais baixá-los.

Acontecia de tudo, negociava-se o trazido passando-o por cima da cabeça de quem estivesse no meio, alguns ganhavam comissão facilitando aos berros a comunicação entre interessados distantes imobilizados pela multidão, casais trepavam alegremente nos toaletes.

Vinte anos depois, de Recife — Aristide define Pernambuco seu Brasil preferido — viajou até Fortaleza num trem onde também aconteceu de tudo: nascimentos, brigas de faca com feridos descarregados sem complicações na estação seguinte, gente cozinhando, tocando, dançando, namorando, um velho padre contando os evangelhos a um vagão inteiro, o controlador benevolente percebia sem ligar que os sem bilhete desciam do trem e remontavam nele duzentos metros depois da sua passagem, tal era a velocidade do veículo.

Lembrou da viagem de 43, esta foi bem melhor.

Aristide e a mãe moravam num dos quatro apartamentos de um prédio simpático, não longe da praia, numa rua tranquila até a guerra tornar a cidade alvo da artilharia dos fortes além da fronteira, dos bombardeiros aéreos que não conseguiam acabar com uma ponte, e dos canhões dos navios que cruzavam permanentemente o mar diante.

Estavam abrindo a mala com os *ben di Dio* tão esperta e trabalhosamente trazidos, quando tocou o alerta.

Largaram tudo como estava e foram se refugiar na adega, mas ao chegar foram jogados no chão, a casa tremeu como se uma onda gigante a tivesse sacudido, ficaram cobertos de poeira. Subiram para ver os danos, a escada estava cheia de escombros, o saguão idem, a porta do apartamento havia sido escancarada pelo deslocamento do ar, chegaram até a cozinha, a preciosa mala voara por cima do fogão esparramando seu conteúdo, os canos da pia haviam estourado, tudo estava misturado com poeira e água, haveria pouca coisa aproveitável.

— Ingleses filhos da puta! — berrou Aristide, apesar de saber que os barcos de guerra que haviam atirado eram italianos, de um cruzador até conhecia o nome, *Montecuccoli*, capturado e tripulado por franceses aliados dos americanos.

Não foi mais buscar comida.

Um pouco porque os transportes se haviam tornado uma aventura suicida, mais porque começou a Resistência e houve outras prioridades.

A chuva havia parado, ligou o motor, no rádio tocava *O moldava*, de Smetana, foi se deixando penetrar pela música até chegar em casa.

✦

Aí meu griot *emudeceu até me dar um "boa-noite" mais anônimo do que ação de multinacional. Saiu sem alegria, sem me chamar de dorminhoco nem de velho leão.*

Só no dia seguinte disse a Leonardo que realmente a nossa geração e a anterior não souberam construir nada duradouro, racional, democrático, um mundo para todos; passamos épocas horríveis que não nos ensinaram nada, deixamos bombas de tempo que foram explodindo na nossa cara e na dos jovens, três gerações deles.

— Criticamos os jovens de hoje porque não nos falam. Não precisam, seu olhar nos diz: "Vocês são culpados de nos terem deixado um mundo trágico, sem futuro, sem solução, não somos responsáveis pelos seus erros. Nem os que tiveram poder total souberam fazer uma revolução ou ao menos reformas. Só pararam a nação, impediram o surgimento de novos *líderes, de novas ideias, de um país realmente atual e capaz de se manter como tal".*

Leonardo interveio:

— Que ideais podemos ter? Talvez vocês velhos ainda tenham, mas, por favor, não os joguem para cima de nós jovens. Quando muito podemos ter objetivos.

Fez uma pausa:

— Temos diante de nós o impossível, poderemos enfrentá--lo só se conseguirmos ser diferentes de vocês.

Aristide engoliu a frase, mas não conseguiu calar:

— Vocês não estão somente negando a si mesmos ideais e esperanças, estão matando nossas últimas nas suas. Até a tentativa de maio de 68 foi espetacular, mas não construiu nada. Os jovens de então destruíram sem piedade o passado, exaltaram o individualismo, e nisso, quer quisessem ou não, identificando-se com a ideologia do mercado. Rebeliões não são revoluções.

Leonardo não respondeu.

A atmosfera ficou bastante sombria.

Foram embora separados, com adeuses mais grunhidos do que pronunciados.

— Ao menos aqui se fala, debate, discute — concluí, já na cama, com os compreensivos botões do meu pijama, para me consolar —, já é algo.

XIX

*A*RISTIDE ME DISSE QUE ONTEM, *ao chegar em casa, para poder enfrentar a noite, qual solução imediata, não resolutiva mas indispensável, havia tomado um porre solitário monumental.*

— Um porre monumental — *repetiu depois de uns segundos, fez mais uma pausa, como se estivesse revisando a oportunidade do mesmo, confirmou:* — Não era para menos.

— Mas ao menos o "nosso" garoto pensa e discute — *disse eu para consolá-lo.*

Percebi que deveria distraí-lo ou acabaríamos deprimidos, perguntei sobre o Alberto, Aristide saiu da fossa.

— O maluco do Alberto....— *suspirou* — era homem de ação, mas não se concentrava em nada — *seguiu* —, passava ao lado de tudo, inclusive da sua própria vida, cuja sombra o segue e o inquieta, uma criança sempre perseguindo a tentação de viver.

Também agora, já nos oitenta, podia ler Lacan e Joyce e entender cada frase, cada parágrafo, cada conceito, mas esquecia tudo ao fechar o livro. Ao falar, expelia uma prosa elétrica, rápida, para seguir a pressa de seus pensamentos, que atropelavam as palavras, fosse qual fosse o argumento, música, acontecimentos, gente, qualquer coisa. Dizia que lhe restava o essencial de tudo o que vivia, sem que os detalhes o fizessem sofrer.

— A merda está nos detalhes — dizia o irreverente plagiário —, eles envelhecem — afirmava, como se tivesse descoberto a fórmula da eterna juventude, que Aristide definia do perfeito egoísmo e da total alienação, o entendimento entre os dois tendo como base a permanente mas pacífica contradição.

Alberto acreditava no espírito dos mortos, ao menos dos da família, da qual havia extraído uma mitologia, um processo de estranha santificação laica.

Quando estava em dificuldades recitava os nomes dos mortos das duas gerações que o haviam precedido, como se fosse uma jaculatória: "Vô Antonio, vó Margarida, vô João, vó Clara" — por pares legítimos, patriarcalmente os homens antes das mulheres — "tio Maurício, tia Carolina", e assim por diante, até o último parente de primeiro grau, sem esforço, os apreendera de cor, uma ladainha.

Logo era a vez de santo Antônio, o santo *achador* de qualquer coisa, ao qual pedia — sempre, claro, com a fórmula *me ajude a achar...* — o que perdera ou queria obter, uma chave, o sono, dinheiro, saúde, uma ideia para um negócio, tudo.

Achava que conseguia ou, melhor, às vezes conseguia, ou teria conseguido de qualquer forma.

Ali, agradecia aos mortos da família e a santo Antônio.

Na verdade era um imprevisível temperamental com resquícios dos ensinamentos absorvidos na infância e na adolescência à sombra de frei Atanásio, e de uma mistura de superstições.

Giovanni-Athos — logo ele — o acusava de sempre ter baseado suas decisões em definitivos, insofismáveis e indiscutíveis pareceres de quem julgasse ter uma opinião superior à dele — por cultura, prestígio ou poderes mágicos —, fossem estes últimos representantes da categoria dos leitores do futuro em búzios, borra de café e outros materiais com significado só inteligíveis a quantos soubessem lê-los.

O cômico disso era que, ao sair da consulta, esquecia totalmente o que lhe haviam dito, misturava ou confundia, de maneira que nunca soube se algo do que lhe fora predito aconteceu, ou se aconteceu algo contrário ao predito.

Como recorria ao método com frequência, o processo lhe saía caro.

Em política era um primário revoltado, queria lutar contra o mundo, acabar com os exércitos, prender marqueteiros, só.

Aristide dizia que às vezes lhe parecia ouvir o tio-avô Santino, que, num artigo para um jornal revolucionário anarquista, predicava que:

> Os militares, os sacerdotes padres, rabinos, sheiks, mulás, imãs, pastores, monges, e companhia cantante, e os ban-

queiros, não podem, digo, não podem, não que não devam ou queiram, não podem ser cidadãos, seu conceito de deveres e direitos é necessariamente diferente, têm sua ética própria. Os primeiros usam armas, seu ideal é a guerra, sua finalidade a morte, deles ou do inimigo, sua lei é a hierarquia: mandar e obedecer; não podem ter dúvidas nem curiosidade, acobertam tudo isso com as noções abstratas de honra e pátria, se sentem superiores aos cidadãos comuns, têm sua própria justiça, suas próprias cadeias. Os segundos usam o medo ou a ignorância, o desconhecido é explicado pelos milagres e a fé, que vêm de Deus e a Ele volta, seu ideal é o sacrifício na Terra para ganhar a felicidade na outra vida, seu objetivo o domínio dos fiéis pela exclusividade de seu poder espiritual absoluto, a finalidade o além, tiram a sua lei de misteriosas escrituras, têm sua própria organização paralela à dos cidadãos comuns. Os terceiros, bem, os terceiros têm como instrumento o instinto animal dos seres humanos, como finalidade o lucro, como lei a anarquia do mercado, entidade indefinível, incontrolável, contra a qual nenhum poder deve interferir. O cidadão é outra coisa: tem como instrumento o Estado de direito, como ideal a democracia, como finalidade a participação em uma sociedade equilibrada e pacífica, a felicidade aqui e agora, suas leis são as que ele mesmo contribui para fazer. O cidadão quer ter dúvidas, quer explicações, quer respostas, acredita na discussão das ideias, trata de satisfazer suas necessidades pela política, reger-se pela justiça, quer sua legítima curiosidade respondida pela filosofia e pela razão, pela ciência, suas inquietudes pelo debate. Quer paz, conhecimento, justiça social.

— O tio-avô Santino — dizia Aristide — ainda não conhecia os marqueteiros, ele os teria incluído. Há cinquenta anos são responsáveis pela destruição da economia familiar — proclamava —, empurraram o mundo para os excessos que nos são servidos embalados em cores e barulhos, a dar importância a detalhes sem ver o conjunto.

Um mundo de falsas prioridades e urgências, que leva a recusar o empenho político, responsável, a nos reduzir ao medo que faz preferir as cercas e as blindagens ao compromisso cívico, social. Nos fechamos cada um em seu círculo, criamos bantustões sociais, exércitos de seguranças mais numerosos do que as Forças Armadas, defesas temporárias e ilusórias contra o drama que eleva constantemente a altura do cone ao qual se reduziu o que antigamente era uma pirâmide, cada vez mais sutil e seletivo, enquanto sua base se expandirá até se revoltar, e as cercas e as blindagens serão insuficientes.

❦

O paciente eventual leitor já deve estar acostumado aos arroubos dos personagens destas conversações, de maneira que nem me desculpo mais por eles.

Voltando ao Alberto, houve uma época em que se drogou: cocaína. Tratou de envolver Aristide, não conseguiu, apesar

de lhe falar poeticamente de como ela permitia "chegar às estrelas, a luzes que iluminavam o cérebro e recaíam de forma lenta, como as centelhas dos fogos de artifício, enchendo seu mundo de cores", devia ter lido isso em algum lugar.
    — Você inala e vai entrando no vazio — dizia. — Você se acha no céu, passageiro de um balão colorido que, na verdade, é seu crânio, flutuando, projetado num futuro só seu, que é ao mesmo tempo presente e passado, no qual avança, a passos de dança, etéreo, imaterial, feliz, o você verdadeiro...
    Aristide olhava-o perplexo, abanava a cabeça,
    — Não — disse, e foi uma vez por todas —, prefiro estar com os pés na terra e, se voar, que seja com os meios naturais que existem. Você não percebe, mas essa maravilha artificial é simplesmente a sublimação da angústia que vai se acumulando. Cada vez ela o levará à loucura, que deverá se sobrepor à racionalidade de viver normalmente, que você não conseguirá suportar sem voltar à droga até morrer.

    Mais tarde, já velhote, Alberto desenvolveu outra fobia-alvo: os DJs.
    Em primeiro lugar, não entendia para que serve o raio do DJ.
    Uma vez voou para a Europa ao lado de um deles, soube que o era pelos gritinhos de entusiasmo de umas patricinhas que o reconheceram no saguão do aeroporto. Por pura sacanagem perguntou-lhe se era o técnico que cuidava da iluminação e da implantação elétrica nas baladas. O cara não respondeu nem lhe dirigiu a palavra durante toda a viagem.
    O fato é que não aguenta barulho.

No dia do seu aniversário havia contratado um quinteto e uma cantora de jazz para a festa que daria no jardim da casa. Explicou que seria uma reunião de amigos que não se viam havia anos e gostariam, além de dançar, comer e beber, de conversar, pôr o papo em dia, alguns se encontravam cada cinco, dez anos, até mais, etc. e tal.

Os músicos trouxeram um encarregado do som, que manipulou seu troço e os microfones de cada instrumento. Alberto não disse nada, agora era assim mesmo, mas dali a pouco percebeu que o som ia ficando cada vez mais alto, que ninguém mais se entendia, a não ser aos berros.

Foi falar com o chefe do quinteto, pediu que baixasse o som, foi feito — pouco — por cinco minutos, depois voltou mais alto.

Foi nova e pacientemente falar com o maestro, mesma manobra, mesmo resultado.

Já com le balle in giostra, *como dizem os carcamanos, ou seja, o saco num carrossel, foi diretamente ao tal responsável do som e lhe soprou ao ouvido:*

— Minha mesa está a seis metros de você, certo? Sobre ela há uma cumbuca de gelo com uma garrafa de champanhe, certo? Ou você baixa a porra do som ou vai recebê-la na cabeça assim que eu chegar lá, certo?

No tempo de sentar o som baixa, a música é tocada normalmente, dá para ouvir o vizinho de mesa, o tal técnico do som havia desaparecido.

Conversando as pessoas se entendem.

Mas nunca entendi por que nas festas o som é absolutamente mortal, consome neurônios aos bilhões, ensurdece, todo o mundo se queixa, mas ninguém faz nada para que o tormento acabe.

Culpa dos jovens, dizem, que não se importam em ficar surdos.

— Entendo — dizia cruelmente Alberto —, como não se falam, só se digitam, para que ouvir?

A ojeriza de Alberto pelos DJs aumentou depois de ler num jornal que a galera nacional estava num reboliço orgíaco porque dois dos melhores do mundo viriam dos Estragos Unidos, e de não lembrava qual outro país, "tocar" em São Paulo.

— Tocar, cara pálida? DJ toca? — berrou às paredes do apartamento, que tremeram de susto.

Ficou ainda mais puto quando quiseram lhe explicar que sim, DJ toca e que o gramofone, ou como raio chamam aquilo modernizado, é um instrumento.

Ah, é?

Outra idiossincrasia do Alberto: detestava sujeitos com maxilar acentuado, quadrado, voluntário, "tipo sargento instrutor de marines mascador de chiclete", segundo ele robôs incumbidos de instalar o tipo de democracia que o Big Brother garantiria (o aterrador de Orwell, o estupidamente sórdido da Globo já temos).

— Você me entende? — concluía.

XX

Se eu não puser um pouco de ordem, Aristide deixa de me contar histórias e passa a filosofar demais. A culpa é do Leonardo, que agora vem quase todos os dias e se tornou a plateia preferida do meu amigo.

Ainda bem que o rapaz segue vindo aos sábados e aos domingos para me ler os clássicos. Gosta, e me diz que é uma sorte porque nãoos leria espontaneamente, mas graças a mim os conhece e aprecia.

Hoje nem permiti ao Aristide sentar para lembrar a ele que deixou em suspenso um monte de coisas.

Ataca decidido.

✦

Assim que Soledad e Gaston chegaram a Madri, ligaram para as pessoas que a amante de Gaston havia indicado, e avisado que os dois precisariam de ajuda para iniciar sua nova vida na cidade.

Dom José e Dolores, Pepe e Lola para os íntimos, os receberam cordialmente, eram disponíveis, tinham dinheiro, carros, motoristas, foram seus guias e conselheiros para encontrar um apartamento, móveis, empregada; os instalaram, os passearam por Madri e arredores, os apresentaram a seus amigos, os ampararam.

Soledad foi logo adotada pelo grupo de conhecidos de Lola e Pepe, Gaston admirado pelas mulheres e observado com simpatia pelos homens, amigo de amigo amigo é.

Ambos gostavam de touros, *flamenco* e *jai-alai*, o que facilitou o contato.

A lua de mel durou alguns meses, até o dinheiro começar a ficar curto, mas Gaston já havia previsto tudo, a solução seria Lola.

A confiança e a liberdade que ela consentia favoreceram seu plano, o rapaz sabia envolver uma mulher jovem que o marido, importante homem de negócios, deixava sozinha com frequência.

Não foi difícil, soube levá-la a se queixar das ausências e a consolá-la mostrando solidariedade, insistiu para que, quando sozinha, acompanhasse Soledad e ele onde fossem. Soledad achou que Gaston era realmente gentil e grato, não suspeitou de nada, o galão tanto fez que a coitada da Lola acabou nos seus braços, e ele a viver às custas dela.

Soledad não desconfiou até perceber indícios, constatar coincidências, descobrir provas, não era de perdoar uma traição, velhacaria, baixeza desse quilate.

Raiva.

Decidiu falar com Pepe.

No dia anterior, Lola lhe dissera que o marido voltaria no dia seguinte de Nova York, não mencionou o número do voo, perguntar teria dado bandeira demais, Soledad foi ao aeroporto e esperou chegar um, dois, três voos.

Para acalmar a fúria que sentia dentro de si dedicou-se a observar a fauna agitada do saguão: o que voa pela primeira vez de férias, o que prepara seu longo voo comprando o jornaleiro inteiro; o que perdeu o voo e esperneia xingando a inocente atendente do balcão de *check-in*; o passageiro de primeira classe que acha que todos devem saber que viaja nela e observa a plebe com soberba; o carregador conhecido de todos que atua como factótum de seus clientes e ganha uma fortuna por mês; a madame riquíssima que chega envolta numa nuvem de guarda-costas...

Cansou, foi comprar um livro, escolheu *A bela senhora Seidenman*, de um polonês cujo nome tem mais consoantes do que vogais, Andrzej Szczypiorski, que melhorou seu humor ao se revelar excelente.

Leu até ver Pepe sair da alfândega, este ficou surpreso, foram tomar um café no bar do aeroporto.

Não foi fácil.

Soledad sabia que provocaria um desastre, mas a decepção, a dor, a vontade de pôr tudo claro, o desejo de compartilhar a mágoa, e mais sentimentos que no momento não saberia definir, foram mais fortes.

Pepe pediu a Soledad que não voltasse para casa e foi direto procurar Gaston, que abriu a porta sorrindo, o que o fez explodir: com um soco na cara fraturou o nariz dele, um segundo lhe fez cuspir um dente e rasgou o lábio superior, o terceiro o derrubou no chão, sorte, Soledad não havia obedecido e o seguira, interveio,

Não faça isso

eu mato o filho da puta

se acalme, por favor pare

esse não merece viver

vai piorar as coisas

pouco ligo

pense nos seus filhos

quero quebrar a cara do safado

etc.,

enquanto o que restava do galante Gaston se arrastava no chão para evitar o pior, Soledad segurava Pepe, Pepe a empurrava xingando Gaston, ela implorava calma, Gaston desapareceu no banheiro, Soledad pediu a Pepe que fosse embora, os dois se olharam com pena recíproca, despeito comum, decisão raivosa de acabar cada um seu casamento...

...no caso de Soledad seria só mandar Gaston embora; no de Pepe, ele na hora não saberia dizer.

— Vá para casa, Pepe, mas tenha cuidado, não faça besteiras com Lola, vá, por favor — disse Soledad com o bom senso que as mulheres conseguem sempre milagrosamente preservar.

— Vou, e você livre-se desse patife.

Foi rápido: Soledad jogou Gaston fora de casa, quebrado como estava, não se permitiu sentir pena dele, liquidou o apartamento e voltou para Lima.

Sabia que no seu ambiente lhe fariam a vida difícil, mas pensou que era o único lugar no qual poderia achar proteção e conforto imediato, Lucero seria como sempre maternal e protetora.

Não durou muito, a primeira vez que saiu para jantar fora com a irmã, foi destratada por duas conhecidas.

Não fez outras tentativas: Lucero tinha amigos no México, Soledad foi para lá.

— Promete que vai me visitar? — perguntou chorando à irmã.

XXI

A OPERAÇÃO LOGÍSTICA *da minha passagem à poltrona foi mais demorada, o ritmo sempre depende do que Maria conta a Aristide a meu respeito, geralmente para ele confirmar as broncas que ela me dá sobre minha indisciplina, remédios que me recuso a tomar por serem demais.*

Os dois formam meu governo militar, eu faço minha Resistência.

Finalmente começa.

※

Cidade do México.

Dom Salvador Etcheverry Gorroytia frequentava a casa de Antonio, Toño para os amigos, e Graciela. Lá conheceu Soledad durante um jantar e, ao saber que era amiga deles, falava quatro idiomas, precisava de trabalho, lhe ofereceu fazer um teste no seu escritório; se desse certo, poderia ser sua secretária, a dele se aposentaria dali a poucos meses.

O trabalho era agradável, Dom Salvador, presidente da companhia, era um divertido cavalheiro mexicano, Soledad achava uma sorte grande os amigos da irmã lhe terem procurado esse trabalho, e permitido ficar na casa deles até poder estabelecer-se por conta própria.

Salvador observava com simpatia essa moça linda e inteligente, quase poderia ser sua filha, como tal passou a tratá-la, a convidava para almoçar nos dias que não tinha compromissos de negócios.

Criaram confiança mútua, Soledad lhe contou sua história e a decepção que havia sofrido.

— Você ainda está interessada nele? O que sente por ele? — limitou-se a perguntar Salvador.

— Não sei, não sei realmente, tudo aconteceu há pouco tempo.

— Acho que está com saudade. E se um dia voltasse a encontrá-lo?

Não houve resposta, Salvador não insistiu.

Dom Salvador havia vivido em Chicago na juventude. Toño suspeitava que tivesse sido arregimentado pela máfia, preservava algumas expressões idiomáticas peculiares e aparecia de vez em quando em ternos listrados, que reforçavam a suspeita.

Além de ter trazido "um motorista que havia conhecido por acaso lá na América e queria voltar ao México", o Ramiro, cujo jeito de olhar, mutismo, postura e maneira de cuidar de seu chefe confirmavam o que antecede, e deixavam imaginar uma história que somente aos dois era conhecida e dizia respeito.

A companhia da qual Salvador era presidente era a filial mexicana das empresas de Aristide, que havia conhecido Salvador anos antes e apreciado suas capacidades, apesar do aspecto folclórico de alguns episódios ocorridos, como o do dia em que deveriam fazer juntos uma visita ao cardeal arcebispo por questões de negócios, e Salvador perguntou como deveria dirigir-se ao prelado.

— Eminentíssimo — disse Aristide.

— Eminentíssimo?

— Eminentíssimo.

Durante o percurso Salvador perguntou novamente, Aristide confirmou, *eminentíssimo*, o outro foi repetindo de vez em quando até chegarem ao palácio e serem introduzidos por um mordomo na sala de audiência, onde esperaram pelo cardeal.

Sua Eminência chegou e estendeu a mão, que Salvador tomou na sua, explodindo num sonoro:

— Elegantíssimo! — tocando um barulhento chupão no anel.

Todos perplexos e atônitos, só o prelado sorriu, devia ter visto piores.

Na saída Salvador perguntou:

— Me comportei, sim?

Os franceses definem certas pessoas como *insortables*; os alemães, *unverbesserlich*.

Fazer o quê?

Gaston havia vivido esse entretempo jogando o dinheiro que Lola lhe passava de medo de ser chantageada, apesar de não mais vê-lo. Entre perdas e ganhos sobrevivera, mas não poderia permanecer em Madri. Telefonou a Lucero e perguntou por Soledad:

— Não está mais aqui, foi à Cidade do México, não tenho o endereço dela — foi a resposta, e cortou a comunicação.

Gaston, como todo gigolô atrevido, imaginava que seria só surgir um dia à porta de Soledad e ela o acolheria. Decidiu tentar. Não seria difícil encontrá-la através do consulado ou de algum peruano lá residente.

Soledad trabalha bem, Salvador a aprecia, apresenta-a aos clientes como sua pessoa de confiança, no dia da chegada de Aristide para uma de suas periódicas visitas, depois das reuniões de praxe, a convida ao almoço dos dois; ao saber que Soledad é peruana, Aristide fala da sua amiga Tina e

— Tina? A pintora?! — exclama Soledad. — Foi minha professora! Não está mais em Lima, foi morar em Buenos Aires.

Aristide sabe, a vê quando vai lá, a conversa rola solta, Salvador está feliz, talvez isso faça com que veja a moça com ainda mais simpatia.

Depois da partida de Aristide, no primeiro almoço a sós:

— Soledad, gosto de você — diz e cala, esperando a sentença, que chega tão natural que o comove:

— Eu também gosto de você.

Nasce assim a história de um homem que tem apoio e amor para dar, e de uma mulher que precisa de ambos e sabe retribuí-los.

Gaston chega ao México e, como previa, um funcionário do consulado conhece Soledad, lhe indica onde trabalha.

A recepcionista não gosta dele, sexto sentido, avisa Soledad, esta não consegue não recebê-lo, pena talvez, de alguma maneira esperava que um dia o calhorda fosse trazido por um mau vento, não lhe causa o mínimo contentamento, só a lembrança do triste e previsível desfecho de uma louca aventura.

Gaston, apesar de haver ele próprio mudado fisicamente — sua cabeleira não era mais tão farta, seus olhos mais claros já não emitiam o charme encantador de antanho, seu bronzeado era devido mais a lâmpadas que ao sol —, imagina ter charme suficiente para convencer Soledad de que veio porque não pode viver sem ela.

O já não muito rapaz tem pressa, o chá de cadeira é pouco promissor, os cigarros, a cinza espalhada nervosamente fora do cinzeiro, mostram e não atenuam a tensão que o atormenta.

A secretaria o convida finalmente a entrar no escritório de Soledad, que teve tempo de pensar, está decidida, nem sai de trás da mesa, com frieza pergunta:

— De quanto você precisa? — Gaston faz cara de ofendido, ela não lhe dá chances. — Não tenho muito dinheiro, trabalho, diga logo e desapareça da minha vida.

O rapaz ainda não entendeu, avança atrás da mesa, tenta abraçá-la, Soledad o afasta, ele insiste, nesse momento entra

Salvador, advertido pela recepcionista da chegada de "um cara do qual não gostei".

Espera que o rapaz perceba sua presença, pede a Soledad que saia, Gaston trata de segurá-la, ela se desvencilha dele, os dois homens ficam um frente ao outro:

— Você é o Gaston? — pergunta seca, cara fechada, voz ácida.

— Sim, sou eu, o senhor pode ser o chefe dela, mas não tem o direito de interferir entre minha mulher e mim.

— Ouça, meu rapaz, estamos no México. Vou falar só uma vez: desapareça, não se atreva a voltar a incomodar Soledad, melhor seria que você sumisse do país.

— Não tem o direito de se meter na minha vida.

— Trate primeiro de preservá-la.

Ramiro, o motorista, surge do nada, instantes pesados de silêncio, Gaston arrisca:

— Acabo de chegar, preciso de ajuda, é isso que vim pedir a Soledad.

— Dinheiro? Volte aqui dentro de uma hora, peça pelo Ramiro e terá dinheiro. Depois disso desapareça de vez, pelo seu bem. Fui claro?

Não houve resposta, Gaston apertou os lábios e saiu, seguido pelo seu anjo custódio.

Na rua, percebeu de repente na alma algo em que não havia reparado: era a quarta vez que devia deixar um país, a segunda sob ameaça.

Sentiu vontade de chorar.

De raiva e de pena de si.

XXII

Hoje perguntei ao Aristide o que foi do nosso companheiro mais engraçado, o Artemio, este também vem lá da página 42.
Respondeu que não mudou, continua a falar sozinho.
Mais um, deve ser uma característica regional, DNA generalizado.
Pensa em voz alta, uma mania desde garoto, guiando o carro também, as pessoas que param ao lado devem achá-lo meio esquisito.
Agora cismou que quer ser escritor.

❦

Lembro que um dia — começa Aristide — me disse que escrever pode ser, a certa idade, um percurso paralelo ao caminho para a morte, "uma agonia consciente e leve, libertadora".
— Houve escultura espontânea e pintura espontânea, não houve? — decretou Artemio, mais do que perguntou.
— Bem, eu escreverei pensamento espontâneo gravado.

Põe um gravador ligado na mesa de cabeceira ao deitar para gravar o que possa falar dormindo e, ao despertar ou no meio da noite, sonhos e pesadelos mudos e eventuais ideias noturnas para o futuro livro.

Ao levantar leva o treco consigo ao banheiro e ao closet, e vai tomar café da manhã com ele dependurado no pescoço. Ao sair, o leva no bolso e sempre acha um jeito para gravar conversas, e suas observações a respeito, eventualmente se refugiando num banheiro. Não quer perder nada que possa ser transformado em texto.

Anda sempre com o pensamento nas nuvens. Monólogos interiores, nos quais exaure emoções e saudades acumuladas. Às vezes, ao volante do carro, se acha num lugar quando deveria ter ido a outro, mas nunca fica bravo, qualidade que faz parte do seu estar sempre em estado de serenidade lunática, que lhe dá a capacidade de aceitar as contrariedades sem perder a calma.

Diz que o italiano é uma língua sonora de vogais abertas, com palavras gordas: *orsacchiotto*, *scoiattolo*, *cassapanca*, *capriola*, *spaccamontagne*, *meditabondo*, *battifiacca*, e magras: *pimpirinella*, *biricchino*, *mezzacalzetta*, *precipitevole*, e as usa, conforme o caso, o humor e a plateia, em lugar de palavrões, que o aborrece. Exemplo: "*Cassapanca*! Olha o que está fazendo esse idiota!", dirigido a um motorista louco, ou "*Pimpirinella*! Onde está a chave do carro!"

Coerente com suas ideias politicamente corretas, excluiu do seu vocabulário o fdp — "coitadas das putas", dizia —, substituído por filho de corno, exemplo: "Vá te catar, seu fdcorno!"

Aristide disse ao Artemio que essas coisas acontecem às pessoas felizes que não têm com que se preocupar, ou não se preocupam excessivamente com as coisas pelas quais deveriam.

— Sorte a minha, né? — foi o comentário do filho de corno.

Depois da queda do Muro de Berlim e a sucessiva abertura para o leste, foi montar um escritório comercial em Varsóvia como central de exportações para os países limítrofes. Lá encontrou outro italiano, um tal De Amatis, que conhecia a Polônia melhor do que ele e lhe foi muito útil nos primeiros contatos.

Um dia coincidiram no mesmo avião para Milão, De Amatis lhe disse que voltaria de carro para poder transportar comida italiana, *carciofini*, *parmigiano*, massa, azeitonas pretas, azeite (da Ligúria), enfim, todos aqueles ingredientes que alegram a mesa e são indispensáveis à preservação do equilíbrio mental e físico de qualquer italiano. Convidou-o a acompanhá-lo.

Na viagem de volta, em Cracóvia, De Amatis teve que interromper a viagem, coisa que Artemio não podia fazer por ter um compromisso em Varsóvia no dia seguinte, pena, era um dia de fim de outono, o céu branco lácteo, a cidade brilhante de seus reflexos, as árvores quase despidas das folhas amarelas, marrons e roxas, que coloriam o chão.

Param no hotel, o porteiro informa que há um trem dali a meia hora, correm à estação, Artemio é deixado na calçada com uma bolsa e duas malas de trinta quilos cada uma, cheias das preciosas iguarias.

Está chegando a noite, não há portadores, e sim um monte de sujeitos com caras impassíveis, pergunta de onde sai o trem para Varsóvia, claro que a quinhentos metros dali, há uma passagem subterrânea no meio, anda, desce, sobe, transpira que nem vaca parindo, chega à plataforma do seu trem só para vê-lo sair, xinga, baba de raiva, nada a fazer.

— Merda!

Um mendigo sentado no chão lhe diz que outro trem sai dali a meia hora, estende a mão, Artemio paga a informação, naturalmente a plataforma é do lado oposto, outra ida, descida e subida, o calor mata, está um banho de suor, chega ao trem, uma série de calhambeques que caem aos pedaços, sobe, instala suas malas, pergunta a um passageiro quando vai chegar a Varsóvia, é um trem que para a cada vinte quilômetros, horas de viagem naqueles banquinhos de madeiras...

...melhor se acalmar e aguentar.

O trem sai finalmente chiando, rangendo e sacudindo.

Fome.

— Há um vagão restaurante neste trem?

— Sim, mais adiante — responde reticente o interrogado.

Entende ao chegar: pode ser chamado de tal, mas é essencialmente constituído de um cara enorme, barbudo, com rabo de cavalo, suarento, de regata que deixa à mostra dois braços imensos de músculos e tatuagens, encostados numa mesa com uma chapa de cada lado, ambas enfeitadas por restos arcaicos de fritura.

A *coisa* olha Artemio com ar mais inquisitivo do que interrogativo, sopra na sua cara com voz turva:

— Você de onde é?

— Italiano.

— Todos filhos da puta.

Leve pausa.

— Inclusive as mulheres, com respeito pela sua mãe.

— Você tem razão, é assim mesmo, as mulheres são todas assim, as italianas... — Artemio achou bom concordar no seu aproximativo ibérico-anglo-teuto-ítalo-polonês, teria admitido qualquer coisa para poder comer, mesmo daquele jeito e naquele fedor de cozinha nunca limpa.

Os dois metros e cento e vinte quilos de monstro continuavam olhando-o fixamente.

— Toma aqui — disse finalmente o gigante, puxando uma garrafa de uma gaveta —, esta vodca eu mesmo faço. — Pegou dois copos, que encheu com vigor, para grande susto do Artemio, que via cada centímetro de nível subindo como o caminho seguro para a morte por envenenamento etílico.

— Você é simpático, à sua saúde! — mandou ver o copo inteiro, Artemio implorou:

— Por favor, eu não sou polonês, vou tomar lentamente, certo?

— Certo — aceitou o rabudo equino, enquanto observava as caretas que seu involuntário festejado fazia ao engolir aquele fogo líquido —, e agora vou te dar comida — e jogou sobre uma das chapas ovos, linguiça, legumes, batatas e mais o que saía de uma cesta que tinha ao lado, regou o conjunto com um óleo que ao fritar fedia que era uma glória, Artemio determinou ao seu olfato e gosto para permanecerem tranquilos, lhes disse "O importante agora é comer", saiu do nada um prato milagrosamente limpo e, a vodca ajudando a cada bocado, tudo foi descendo, com evidente satisfação do monstro.

— Meu nome é Kasimir, o seu?

— *Artpebio, buito plaxer* — respondeu Artemio.

O resto foi cena muda, Kasimir tomando vodca, Artemio se empanturrando do que o suposto *chef* havia misturado naquela chapa.

Quis pagar.

— Nada, italiano Artemio, você foi boa companhia, costumo ficar sozinho durante horas nestas viagens. — Artemio entendeu porque aquelas chapas eram tão historicamente fedorentas.

Voltou ao seu lugar, adormeceu nesse trem mambembe num sono de chumbo, durante o qual sonhou que uma locomotiva passeava sobre seu fígado.

Kasimir o acordou, a primeira sensação de volta à vida foi que alguém tinha mijado na sua boca, sua língua era espessa e áspera.

— Italiano, está chegando, acorde com um gole de vodca! — a voz do energúmeno lhe amassou o cérebro qual misturadora de cimento.

— Pelo amor de Deus, não vou aguentar! — mas o outro lhe pôs a garrafa na mão, não houve jeito, teve que tomar, já se via cadáver, mas percebeu que lhe fez bem, desanuviou a cuca.

— Vamos — ordenou o gigante, enfiou a garrafa no bolso, pegou uma mala, pôs debaixo do braço, segurou a outra com a mão, levantou Artemio e a sua bolsa com a outra, levou o conjunto até a porteira do vagão, abriu, lá fora era noite. — Italiano, são cinco horas, é perigoso, eu não sairia, espere aqui dentro até clarear, nem eu saio a esta hora, sim? Boa sorte, cuide-se — deu-lhe um aperto de mão e desapareceu corredor adentro bocejando.

Artemio ficou comovido com o gesto do gigante, mas... e agora?

Não sabia o que fazer, ficar ou entrar naquela escuridão cheia de caras à espreita, um Pantanal à noite, quando os olhos dos crocodilos parados nas lagoas faíscam ameaçadores, visão alegrada pelo estridente e apavorante ululado das sirenes dos carros de polícia nas ruas vizinhas, ou de ambulâncias, vá saber, dava na mesma.

Decidiu descer, com esforço baixou as malas, percebeu quase inconscientemente o movimento convergente dos donos desses olhos, buscou além deles uma ajuda, um policial passava na plataforma próxima com uma lâmpada acesa, berrou "Polícia, polícia, ajuda, por favor", o policial parou, algo deve ter percebido naquele lusco brusco de tremeluzentes lâmpadas dependuradas no alto da plataforma, apitou, mais dois apareceram, os três vieram correndo, as aparições noturnas e seus olhos ameaçadores se dissolveram no breu.

— O que o senhor faz sozinho! A esta hora ninguém chega a Varsóvia sem ser esperado! — pegaram as malas dele e o acompanharam até a saída, o hotel estava a trezentos metros, mas fizeram questão de chamar um táxi, o enfiaram nele recomendando-o ao motorista, Artemio viu que o observavam sair abanando a cabeça, deviam pensar "tem cada um…"

Tomou um banho de duas horas, dormiu, esqueceu o encontro, acordou de sobressalto, ligou, a reunião já havia acabado, levou uma bronca, ficou puto, xingou tudo que lhe veio à mente… virou do outro lado e continuou a dormir.

Dias depois, fazendo planos para os próximos meses de trabalho, percebeu que deveria viajar mais de carro do que de trem, pensou na aventura com o Kasimir, na chegada a Varsóvia, no perigo que correra, imaginou que naquelas lonjuras polonesas haveria ainda mais chances de ser assaltado, não tardou a acontecer: quinze dias depois foi parado por bandidos no meio de uma longa etapa, por sorte não foram agressivos, só lhe roubaram dinheiro.

De volta a Varsóvia não teve dúvida: foi à estação, procurou a polícia, perguntou pelos três que o haviam salvado algumas semanas antes, teve que esperar até os colegas os individualizarem e acharem, voltou, convidou os três ao bar da estação, tomaram juntos umas quantas vodcas — os três disseram que havia acabado seu turno de serviço e podiam beber, se era verdade Artemio não quis aprofundar —, pediu que encontrassem Kasimir e lhe dessem seu número de telefone para que pudesse chamá-lo o mais rápido possível.

Selaram o acordo com uma garrafa de presente para viagem.

Uma semana depois, cinco e meia da manhã, Kasimir estava na portaria berrando no aparelho, para grande espanto do porteiro da noite, que imaginava um assalto.

— Ô italiano Artemio, você está vivo? Boa notícia, você deve ser protegido pelo demônio, seu filho da puta.

— Kasimir, suba dentro de dez minutos.

Nem passaram cinco, bateram à porta, foi abrir, o monstro lhe massacrou a mão direita com uma estreita alicática que o fez grunhir de dor, enquanto com a esquerda lhe dava uma patada no ombro que reduziu sua estatura em três centímetros.

— A que devo este convite?

— Senta aí, vamos tomar café da manhã e falamos, me deixa terminar de vestir.

Durante a operação observava o gigante, se perguntava se seria uma boa ideia contratá-lo, lembrou de como havia sido cuidado por ele, decidiu que sim, só deveria limitar a intimidade etílica.

Kasimir contou que tinha um passado de luta: em 1944, ainda garoto, participara, como estafeta e carregando munições, do levante de Varsóvia, que as tropas de ocupação alemãs esmagaram; em 68, havia manifestado contra o governo e apanhado da polícia. Experiências suficientes, decidiu Artemio. Kasimir aceitou.

Difícil foi vencer o receio que tinha de comprometer sua carreira oficial, de empregado da Estrada de Ferro Polonesa, e oficiosa, de autonomeado responsável pelo restaurante ferroviário que Artemio tão saborosamente frequentara; ficou decidido que Kasimir pediria quinze dias de férias e faria um teste.

Seria motorista-protetor — o termo guarda-costas foi terminantemente excluído por Kasimir —, e Artemio lhe conseguiria uma arma em nome da sua empresa.

A parte mais complicada foi educá-lo para a nova função. Uma vez estabelecido que não cortaria seu rabo de cavalo e não poria boné, teve que convencê-lo que deveria abrir e fechar portas, pauta sobre a qual houve acordo: só as abriria e fecharia para damas e homens acima de cinquenta anos. Nada de fazer isso para o patrão porque ele não tinha patrão nenhum.

Aí o *não-patrão* teve que ouvir uma longa história: Kasimir era um príncipe polonês com castelo e terras a perder de vista, que a guerra e as aventuras políticas, etc. e tal, história tão complicada que Artemio ia esquecendo enquanto a ouvia.

Tudo bem.

O fato é que a presença desse gigante protetor ao lado de Artemio impressionava, mais que todos, o próprio Artemio. Um primeiro incidente incluiu hospitalização e quase necrotério de indivíduos imprudentes e confiados demais nas armas com as quais ameaçavam nosso herói, subestimando seu motorista-protetor.

Com a mudança de regime na Polônia, Kasimir conseguiu recuperar parte dos bens da família, e essa aventura, que começou com uma relação, *digamos*, gastronômica e de trabalho, evoluiu em associação desses dois fenômenos que com os anos se tornaram amigos e sócios numa empresa que fundaram na Argentina.

Kasimir voltou mais tarde à Polônia, onde montou uma fábrica de vodca, menos incendiária da que oferecia a seus ocasionais clientes no mencionado vagão-restaurante.

Acha o país católico demais, racista demais, com uma história trágica feita de heroísmos e traições, indeciso entre ser baluarte do oeste contra o leste, ou elemento de integração entre os dois lados de uma Europa agora digna de ser frequentada.

Mas é seu berço.

Que Andrzej Szczypiorski descreve nas páginas de *A bela senhora Seidenman*, o livro que Soledad comprou no aeroporto de Madri, e Kasimir talvez estivesse lendo no terraço do seu recuperado castelo no dia de maio em que um derrame o acometeu.

Morreu pouco tempo depois, confortado por Artemio, que voou para o seu lado, e lá quis ficar até o fim.

XXIII

*D*E UM DIA PARA O OUTRO *acabo esquecendo o que Aristide falou, mas não disse nada, hoje não está de bom humor. Só depois de dois copos de Alvarinho, começou a ração do dia enunciando: "Fevereiro de 1949."*

Já contei que quando Aristide embarcou para Buenos Aires, num velho Liberty adaptado para transporte de emigrantes, fez amizade com um marinheiro, um argentino reencontrado no barco depois de ter dormido no quarto ao lado dele num hotel barato de Genova, cujas paredes deviam ser de papel, como no Japão, porque a noite toda, com raros intervalos, ouviu de uma voz de mulher os "ai, que maravilla, ai ai, ai ai ai, mi amor, Dios, que delicia, Angel Gonzalez, eres mi rey, ai, quiero más, dame, dame, dame, dame, dame, dame más, Angelito mío, Angel Gonzalez, el más lindo timonero de la Marina argentina, como te quiero, mi vida", e mais imagináveis variações sobre o tema.

A primeira coisa que fez, depois de o barco ter levantado ferro, foi perguntar ao primeiro marinheiro que passou ao seu lado se havia um tal Angel Gonzalez na tripulação, confirmou; foi até ele, mas só depois, já em Buenos Aires, contou-lhe como o havia, *digamos*, conhecido, e ambos deram boas gargalhadas.

Angel o apresentou ao contramestre, um cara enorme, chamava-se Moreno, estava sempre agarrado aos canos de água que passavam por cima da porta do quartel dos tripulantes, pesadamente encostado na mesma.

Nunca foi visto trabalhando nem bebendo, entretanto tudo funcionava e estava sempre bêbado.

Mistérios da marinharia.

Olhava e conversava com as ondas, o Moreno, com o mistério da profundeza do mar.

— O mar é a vida na sua essência — disse —, silêncio num mundo misterioso, que é silêncio só para nós humanos que perdemos o respeito por ele, temos medo dele, fugimos dele, aliás, nem mais sabemos o que é o som fascinante do silêncio, somos incapazes de nos deixar envolver por ele e por isso não vivemos mais — que poeta, o contramestre!

— Somos *feitos viver* pelo barulho, nos embriagamos dele, pobres seres sem mais pensamentos próprios — afirmava Moreno, que só e eventualmente falava com quem merecesse.

Angel contou a Aristide que Moreno havia nascido no Paraguai e, antes de se tornar marinheiro, trabalhara num boteco da cidade dele, das quatro da manhã ao meio-dia fazia limpeza, do meio-dia à noite as contas do negócio.

Um dia chegaram seis operários que se embebedaram até brigar, Moreno tratou de acalmá-los, chegou a polícia, ia prendê-lo também, quis se explicar, recebeu uma coronhada, ficou bravo, arrancou a arma das mãos do que queria algemá-lo e atirou em todos: mortos, feridos, o resto fugiu, largou a arma e correu até parar em Buenos Aires, onde conseguiu embarcar num cargueiro vagabundo com documentos falsos.

Lá estava agora Moreno, o contramestre, agarrado aos canos acima da entrada da porta do quartel dos tripulantes, encostado na mesma, tranquilamente bêbado e eficaz, apaixonado pelo mar.

Nesse barco havia 850 emigrantes, dos quais só uma centena eram mulheres, as brigas se tornariam inevitáveis, mas só houve a primeira, dois jovens que se agarraram por causa da irmã de um deles, que o outro olhou talvez com indevida insistência, aos dois se juntaram uns quantos mais, a coisa estava ficando feia, o comandante delegou a solução do problema a Moreno.

Abandonando com imponente e lenta preguiça seu refúgio, foi lá com Angel: dois rapazes terminaram na enfermaria, um ficou preso durante toda a viagem, dois mais acabaram ficando de cama até a chegada, a paz se instalou definitivamente no navio.

— Não há nada que não possa ser resolvido com boas maneiras — disse Moreno uns dias depois, num de seus raros momentos de loquacidade.

Elementar.

O homem do mar tem fala simples, direta; palavras, nada de papo, mexe fundo, ninadas de significados íntimos, é mar, céu, vento, lembranças, saudade.

Isso.

Angel era um verdadeiro marinheiro, com mulheres em cada porto.

Havia combinado com Aristide que tornariam a se encontrar quando voltasse da próxima viagem e teria quinze dias de repouso em terra.

— Vou te entregar a melhor parte de Buenos Aires — disse. — Você vai agradecer de me ter conhecido! — e desde a primeira vez o levou a El Bajo, zona em frente ao porto, onde todos os prédios se parecem e têm um pórtico contínuo, debaixo do qual, na época, havia um bar a cada vinte metros, de todos os tipos e classe, onde as mulheres se contavam por dúzias.

Foram direto ao que devia ser o preferido do Angel, que entrou primeiro e recebeu imediatamente uma ovação, abraços, beijos, gritinhos de entusiasmo das moças que se dependuravam em seu pescoço, e "Angelito mío, mi amor, hombre de mi vida, guapito mío, mi lindo muchacho, mi tesoro, has vuelto!", uma triunfal entrada que lembrou a Aristide a noite do hotel em Genova. Ficou observando desde a porta, onde a avalanche de garotas os bloqueara.

Depois de alguns minutos, Angel afastou as moças e:

— Silêncio, senhoritas — fez sinal para ele se aproximar, o pegou pela mão e —, este aqui é meu, ok? Meu amigo, como se fosse eu mesmo. Acaba de chegar, se precisar de ajuda façam de conta que sou eu que peço. E agora as apresentações: Aristide, com esse nome não vão esquecê-lo — todas riram e alguns homens presentes se aproximaram para olhá-lo e pelo visto aprovaram —, Lulu, Mimi, Manita, Carmen, Emilita, etc. —, pediu bebida, cada um escolheu a sua, o pessoal se dispersou, mas permaneceu na atmosfera o intenso burburinho dos comentários, enquanto Angel contava detalhes a duas garotas que haviam ficado grudadas nele, e Aristide era levado a uma mesa por três outras que lhe faziam mil perguntas.

Permaneceram ali até Angel dizer que os esperavam outras visitas, mais beijos e gritinhos, conseguiram sair, assim foi nos três bares seguintes, foram dormir ao clarear do dia, cada um com uma garota.

Um pouco porque a umidade havia criado uma neblina densa que a embaçava, muito porque o estado etílico deles aumentava o efeito, os dois novos amigos acharam romântica e delicada a luminosidade da noite, transmitiram esse sentimento às duas garotas, as quais, talvez sinceras, se comportaram como duas namoradinhas, escolheram um hotel menos vagabundo dos que frequentavam de costume, na cama se tornaram duas odaliscas das mil e uma noites, a de Aristide aproveitou a energia contida durante toda a viagem do parceiro com equivalente entusiasmo e técnica kamasútrica, de modo que o rapaz, quando conseguiu lembrar alguma coisa no dia seguinte, imaginou ter vivido uma verdadeira noite de amor.

Foram quinze dias intensos, Angel não largou seu novo amigo, Aristide até aprendeu a falar *lunfardo*, o jargão dos malandros locais, e a dançar tango figurado.

— Você está se tornando um *verdadero porteño* — constatava Angel, Pigmalião ao avesso, olhando satisfeito para sua obra.

Muitos anos depois, a Argentina viveu os tempos ruins da ditadura militar, alguns dos antigos companheiros de trabalho de Aristide lutaram, muitos foram presos e torturados, alguns morreram, o mundo sabe o que aconteceu.

Angel foi um dos desaparecidos.

Um preso argentino testemunha: "Nos tiravam a roupa, nos vendavam, nos amarravam e passávamos à máquina, a picana elétrica. O lugar, eles chamavam de 'quirófano', davam descargas elétricas nas partes do corpo mais sensíveis, olhos, ouvidos, genitais, plantas dos pés, durante horas. Enquanto me interrogavam trouxeram minha noiva, Cecília, eles a haviam estuprado e arrancado parte do couro cabeludo. Quando uma pessoa não resistia e colaborava, levavam-na de carro pelas ruas para indicar resistentes. Levavam bebês dos desaparecidos."

Vejam *Garage Olimpo*, o filme de Marco Bechis.

O processo de revisão desse período de demência bestial ainda está em curso, o país quer esquecer, mas não perdoar, para que o futuro possa ser vivido sem sombras, e a memória preserve os fatos só enquanto tais, uma vez a dignidade das vítimas restaurada, a lei respeitada, os culpados punidos, sem medo de criar ressentimentos nos de sempre, que querem inverter valores para que se esqueça a sombra ignóbil que paira sobre seu passado.

Um exemplo a ser seguido: fazer do fim da ditadura um ato de libertação, um renascimento político voltado à realização de um futuro consciente e definido.

— Só é preciso coragem — terminou Aristide, olhando para Leonardo —, não empurrar covardemente para a história o que deixa uma nação incompleta, dividida. A não ser que se aceite eternizar a cultura do deixa pra lá, da indefinição, da absolvição covarde, da aceitação da impunidade, por indiferença e alienação.

XXIV

*F*OI UM FIM DE SEMANA TEDIOSO, *meu neto viajou, não tive minha sessão de leitura.*

Fez falta; ler me causa dores de cabeça, apesar de ter escolhido um livro com o texto impresso em tipo maior do que o normal e usar uma lupa.

O tempo foi bom, passei a maior parte do dia no jardim lendo por etapas e ouvindo música.

Hoje, através dos imensos galhos da figueira, o sol projetava uma renda de sombra e luz no chão e em tudo o que iluminava, até umas nuvens virem confirmar a chuva de fim de dia que o jornal havia anunciado.

Aristide chegou pontualmente, nem tocou no copo de vinho, falou do tempo, do trânsito pesado, tudo muito original, dois ingleses num clube de Piccadilly.

Chato.

Sei que não gosta, mas lhe perguntei por que não me falava do pai.

Deixei o silêncio se instalar, ele calado por indecisão, eu mudo por discrição — tampouco gosta muito disso —, finalmente desembuchou.

❦

O desejo de Aristide de partir para o mundo começou cedo. Seu pai desapareceu depois de ter perdido no jogo a fortuna da família, o rapaz teve que aprender a viver a situação difícil, mas fortalecedora, de quem, em lugar de sentir falta do pai, da presença do pai, faz da sua ausência um fator de crescimento; acha que essa foi a primeira inconsciente razão.

Poderia ter significado um vazio que o futuro tornaria obsessiva tristeza e autopiedade; soube construir nesse vácuo algo mais forte do que um pai pela procura de mentores. Foram eles que, com o tempo e entre todos, lhe permitiram formar-se uma personalidade sólida, tornar-se um ser maduro e independente, resultado de relações enriquecedoras com pessoas excepcionais, diversas e de diferentes culturas, experiências, nacionalidades, línguas. Foi essa riqueza que o fez livre e decidido.

❦

Serviu-se vinho, brincou um tempo com o copo na mão, tomou lentamente um gole, percebi que estava pouco propenso a prosseguir, mudei de assunto.

— *Vai, fala de Buenos Aires...*

Ao chegar à Argentina foi trabalhar numa obra. À noite dos dias de semana, ia jantar com quatro companheiros italianos na cantina de um posto de gasolina a poucas centenas de metros de seu trabalho.

Vittoria, a dona, volumosa matrona de origem vêneta, dominava o marido, apelidado sem razão El Negro — nem era moreno de cabelo —, sujeito burro, antipático, contra a opinião do qual ela cedeu aos cinco *tanos* uma saleta separada do galpão, onde se amontoavam mesas de caminhoneiros, cujas conversas a toda voz não favoreciam a concentração musical, que, apesar disso, depois do jantar, os cinco companheiros acabavam obtendo com a última garrafa, cantando baixinho, única maneira de encontrar as tonalidades certas.

Pediram a dona Vittoria para pôr uma cortina de lona de saco na porta para atenuar o barulho, um pouco porque efetivamente atenuou o retumbar das vozes do galpão, e muito porque os cinco faziam progressos, chegaram a ponto de não ouvir mais nada a não ser suas próprias vozes, e curtir a nostalgia que a música e as letras lhes despertavam.

Muitos jantares depois, certa noite Aristide, que estava de costas para a porta, se surpreendeu com o silêncio do outro lado. Pensou que já fosse tarde e tivessem ficado por último, levantou, abriu a cortina e... um aplauso entusiasta surgiu da sala cheia, seus companheiros curiosos levantaram, os cinco saíram, o aplauso continuou ainda mais intenso, ficaram sem jeito, mais ainda quando um caminhoneiro, que conheciam por tê-lo visto noites seguidas, lhes ofereceu uma garrafa de vinho em nome de todos os presentes, e dona Vittoria veio lhes sapecar beijos nas bochechas berrando: "Bravissimi, mi avete commosso!"

Dois gordos enormes os olharam quase com afeto, Aristide aproximou-se deles, eram irmãos, os mesmos olhos verdes, bochechas rosadas, acinzentadas por uma barba de dois dias, levantaram, o sufocaram num imenso abraço, o avô deles sempre cantava essas canções, explicaram.

Uma glória.

Daquela noite em diante não pagaram mais a comida, só o vinho, com desconto, em troca de cantar meia hora depois do jantar, no meio do galpão, com toda a freguesia em silêncio: ninguém comia para não fazer barulho, dona Vittoria parava o serviço, mandava secamente e uma vez só o marido calar a boca, aplausos intensos coroavam o... concerto.

Ao sair do galpão, com alguns colegas entoavam baixinho a derradeira, só calavam ao passar ao longo do muro do cemitério:

— Um mínimo de respeito pelos mortos — dizia o andaluz, que não gostava de falar de mortos porque "a morte dos outros impõe a noção da fatalidade do fim, ao passo que pensar na minha me deixa ver o futuro, minha morte não tem vencimento", explicou sério, ninguém entendeu porra nenhuma da nebulosa sentença, mas todos concordaram em silêncio com tão definitiva asserção.

— Poderíamos cantar o *De profundis* — insinuou, sem o mínimo respeito, Tenório, carpinteiro paraguaio notoriamente iconoclasta, que levou uma palmada na nuca do Aristide, mais por manifestar autoridade moral do que por dissidência filosófica.

Havia acontecido de falarem horas sobre a morte, o suicídio, a eutanásia. Um deles, o peruano Enrique, Quique para os amigos, já ajudara indiretamente a morrer um amigo paraplégico, reduzido a objeto, só ouvia e podia fechar e abrir os olhos. A esposa o mantinha vivo, e era considerada uma heroína pelas amigas, pouco importava que o marido quisesse viver ou não; mantinha esse homem culto, vivaz, falante, social, comunicativo, constrito nesse isolamento inumano.

Enrico contou que foi vê-lo, tomou sua mão como sempre fazia.

— Feche três vezes os olhos para sim e uma para não, está bem? — três vezes.

— Você me ouve e me entende bem? — três vezes.

— Agora a pergunta que importa: você está cansado de viver? — três vezes.

— Gostaria de ir embora agora? — três.

— Quer que eu o ajude? — três.

— Está certo disso? — três vezes.

— Preciso voltar a fazer todas as perguntas novamente? — uma.

Foi uma decisão grave, o amigo merecia, falou com o filho, entendeu, pediu ajuda ao médico.

— Só nós três soubemos — disse Quique.

Tenório era o maior cara de pau dos quatrocentos operários da obra.

Clandestino, foi parado pela polícia e levado à *comisaría* mais próxima e fechado num quartinho, um encarregado da imigração viria interrogá-lo.

Chegou uma mulher já em idade, ar burocrático, a oratória envolvente de Tenório não conseguia convencê-la.

— A senhora não pode me expulsar, aluguei meu apartamento por cinco anos, comprei meus móveis a prazo, estou cursando uma escola técnica, já pedi residência... — nada, a maior indiferença.

Decidiu mudar de tática:

— Minha senhora, o que mais importa é que estou apaixonado, perdidamente! — fez uma pausa dramática, lábio inferior trêmulo, olhar aguado perdido entre o nada e o da megera... que o notou, se comoveu, "vai dar certo", pensou o rapaz, a mulher suspirou.

— *Bueno, a ver como le hago* — disse, finalmente, abanando a cabeça com ar maternal, saiu, voltou dez minutos depois, que para Tenório foram eternos, com uma permissão provisória e

— *Que le vaya bien. Y tráigame su novia, la quiero conocer* — disse abrindo a porta, despedindo-se com um sorriso cheio de ternura.

E não é que Tenório arranjou uma noiva para apresentar à madame?!

— Não podia deixar de fazer isso, pensei em minha mãe — explicou.

Uma amiga brasileira, clandestina como ele, jornalista, futura escritora.

Aristide leu sobre ela mais tarde, tinha o que contar: esperando a suspirada residência foi camareira, intérprete de português para prostitutas presas, professora de samba, tradutora de catálogos de armas, roteirista de cinema...

Voltando aos mentores, Aristide conseguiu achá-los não por força do acaso, mas procurando o que lhe faltava em quem o tivesse, em permanente condição de discípulo, como faziam antigamente os aprendizes nos ateliês dos artistas.

Mikhail e o tio-avô Santino foram os mais importantes também em outro nível, suscitaram-lhe na adolescência sentimentos quase heróicos, os contos dos dois o faziam partícipe de duas epopeias: a Revolução de Outubro e a Guerra Civil Espanhola.

Assimilava suas lembranças como se fossem experiências próprias, que homologavam suas ideias de rapaz engajado.

O avô materno lhe transmitiu sabedoria; cada um dos que vieram depois, o melhor deles próprios. Gente maravilhosa, modesta na solidez cultural, generosa na capacidade de transmitir seu saber com sensível discrição didática.

Ensinaram-lhe a olhar adiante, que hoje não é o amanhã de ontem, mas o ontem de amanhã.

Outro foi Juan Aguilar Derpich. Conheceu Juanito numa estupenda tarde entre amigos, num bar de Callao, frente ao mar.

— Que tarde! O sol no ocaso sobre o Pacífico, e na minha frente a experiência e a cultura desse homem carregado de vivências, mas com a emoção social de um jovem, modesto, com o coração de um fidalgo. No porto era uma figura, ao passar pelas velhas ruas o adulto e o menino o chamavam pelo nome. Fizemos coisas juntos na Itália, no México, no Brasil, no Peru. Caminhou o mundo e ao final, como os velhos barcos, encalhou na sua praia para ver chegar a noite da sua existência. Somos muitos os guardiões da sua memória — concluiu comovido Aristide.

Todos esses personagens fizeram com que lhe fosse fácil ir mundo afora, em lugares, latitudes, tempos diferentes, somar seus sucessivos novos *eus*, quase reencarnando-se cada vez em novas personalidades, cada uma livre e definida, assim mesmo parte do ser unitário que ia construindo.

Aristide se despediu às oito, como de costume; cedo para eu ir para a cama. Depois de meu leve jantar, pedi como sempre à Maria que me trouxesse o computador, para pôr em dia a gravação.

Paro de vez em quando de escrever, e deixo a página inicial do computador encher a tela de desenhos estranhos e mutantes, que iluminam meu canto, refletidos brincam com as paredes, os móveis, os objetos do quarto, deitam no sofá. Animam e enfeitam o silêncio que me envolve, inconscientemente suspiro, entro numa modorra preguiçosa; estou entre acordado e dormindo, penso palavras que parecem perder seu valor antes que as formule, criam bolhas imaginárias que as levam uma a uma, junto com as imagens que elas definem ou inspiram, sugestões inconscientes, recalques alucinados, não sei bem, que irei esquecendo sem remorso deitado, no primeiro sono; ou lembranças que me encerram num labirinto, chegam como se fossem acordadas por uma corneta militar, aos borbotões, se empurram e como vêm esvaem-se, cada uma é puxada pela próxima, mas deixa atrás de si a sua história inteira, de modo que todas elas se acumulam, sufocam, sobressalto arfando, sem fôlego, inquieto.

Às vezes sonho acordado que sou um animal, um pássaro da minha coleção, se é que assim posso chamá-la, pequenas esculturas de barro, porcelana, terracota, ferro fundido, cerâmica, madeira, cristal, mármore, de vários países dos cinco continentes, que me alegram quase quanto os pássaros verdadeiros que vêm me visitar no jardim ou nos terraços do meu apartamento.

Maria vem me assistir na última complicada operação do dia: deitar.

XXV

ARISTIDE CHEGOU SORRINDO, *disse que havia percebido que só falava dos amigos homens, perguntou retórico:*
— *E a Tina? Vamos esquecer a nossa Tigre[4]? Nada disso.*
Era seu nome de guerra. Durante a Resistência havia sido capturada por soldados alemães. Lutou, bateram nela, a estupraram e a abandonaram desmaiada e sangrando numa choupana.
Aristide a encontrou, cuidou como pôde das suas feridas, deitou ao seu lado até ela acordar, a amparou nos seus braços durante horas, choraram juntos, a trouxe à aldeia e a escondeu no sótão da casa dos avós, a alimentou secretamente durante dias.
Uma noite Tina pediu que fizesse amor com ela.
— *Dizem que quando se cai do cavalo tem que se voltar a montar para vencer o medo. Por favor, fica comigo, me ajuda a vencer o nojo.*
Aristide foi amante doce e delicado como nunca. Tornaram-se amigos para sempre.

---

4. Em italiano, "tigre" tanto pode ser masculino quanto feminino.

Em 1945 a paz trouxe para alguns a vontade de deixar a Europa massacrada e empobrecida, para outros o desejo de contribuir para reconstruí-la, para muitos simplesmente um bom motivo para sair conhecendo o mundo.
Tina foi uma destes.
Sua saída foi uma festa, a estação da estrada de ferro ficou pequena, meia cidade estava lá para se despedir dela com flores, presentes, cantos, abraços, beijos. Três camaradas lhe entoaram "Bella ciao", a canção dos partigiani *italianos.*
Aristide pediu-lhe que não deixasse de dar notícias, quem sabe voltariam a se ver, ele e alguns outros queriam também ir embora.
Ele a reencontrará e será padrinho do filho dela.

Começou a contar. Às vezes Aristide recita o papel de seus personagens, teria gostado de ser ator. Hoje é Tigre.

❦

Uma última pincelada de amarelo para dar dramaticidade, expressão — misteriosa?, obscena? — àquele rosto. Pensou em Bacon e em Munch. Por que não? Tina olhou o quadro, quase uma facada aquela pincelada amarela! Parecia ter sido dada com raiva.

Limpou o pincel e o jogou junto aos outros no pote de cristal que estava na mesa octogonal já coberta por uma crosta de tintas, "um próximo *ready made*", pensou.

Sentiu vontade de refletir, confrontar-se com seu passado pictórico.

Sentou no sofá sem desviar o olhar do quadro durante longos minutos, de repente levantou, o tirou do cavalete, o virou e o encostou à parede coberta de suas obras antigas, que ia tirando dos caixotes nos quais haviam permanecido anos, desde quando trocara Lima por Buenos Aires.

Figuras de *cholos* e mineiros apenas esboçadas, em tintas foscas contidas nos traços duros do desenho que as sustenta e as faz parecer esculturas; vistas de recantos de Lima, La Herra dura, Callao. Talvez ofuscadas pela longa permanência no escuro dos caixotes, são opacas, o contrário de seus quadros abstratos dos últimos anos peruanos que iluminam as paredes do quarto.

Achou estranho ter pintado daquele jeito, as tintas violentas foram, e seguem sendo, uma reação subconsciente à solidão depois do divórcio que a trouxe para cá.

Entrefechou os olhos para admirar o lá fora ensolarado contido pela janela, que um intrusivo poste da Companhia de Eletricidade divide:

— Um quadro pop — murmurou a si mesma sorrindo —, mas muitas telas de Matisse e dos cubistas eram emolduradas por uma janela.

Levantou, foi abrir a porta da adega, desceu contando os dezoito degraus como sempre fazia desde criança, quando, ao chegar ao *quart'ultimo* de qualquer escada, virava-se e pulava até o chão tocando cada um dos restantes com a ponta dos sapatos, *trrrrrrrá*, como havia visto Fred Astaire fazer num filme — ou seria Gene Kelly? —, até o dia em que escorregou, quase arrebentou a mandíbula, e parou de vez com essa acrobacia.

Achou a maleta onde juntara seus cadernos e papéis peruanos, procurou as críticas e os comentários sobre suas exposições, sentou ali mesmo e, no cone de luz definido pela lampadinha dependurada numa viga, perdeu-se nas descrições do seu passado lendo algumas frases a respeito da sua primeira fase abstrata: "Exposição realmente envolvente, uma estrutura imponente mas enxuta, uma casca que é moldura ideal das pérolas da sua coleção, suspensas e tensas nesse espaço quase onírico. Minha intuição me diz que você vive uma fase de reflexão profunda, visceral, a carne de suas telas fez-se pensamento amadurecido da inspiração e do gesto pictórico."

Outra: "Sempre essencial porém mais macio, grandes espaços, grandes horizontes narrativos interrompidos por manchas mais circunstanciais e complexas, quase para propor e sublinhar o fio do pensamento que se enovela subterrâneo e improvisadamente se manifesta na trama do seu conto colorido."

Mais: "Um prazer verdadeiro observar suas criaturas, permanecer minutos frente a cada pintura e sentir-se vermelho nos seus vermelhos, dourado nos seus amarelos, azul nos seus azuis."

Nada mal — comentou para si mesma, claro, a crítica era de uma mulher que a cortejava.

Nunca teria imaginado.

Nadia era linda, seus olhos de índia pareciam ocupar todo seu rosto, tudo nela era delicado e solicitava força e proteção e, ao mesmo tempo, provocava uma doçura sensual que Tina nunca fantasiara ter com os homens que havia conhecido. Nunca fora atraída, corpo e mente, por nenhum dos seus parceiros, como agora era gulosa da pele, do cabelo, do cheiro de Nadia; nunca ansiara a cada momento ter um futuro com alguém, com medo de perder o ser amado e a felicidade que sentia em cada instante passado com Nadia.

Aristide ficara surpreso ao descobrir sua amiga Tina homossexual, lhe disse que "por isso havia escolhido como nome de guerra Tigre, que tanto pode indicar o macho como a fêmea", os três riram, Tina lhe fez notar que isso pode valer também para a palavra "camarada".

— Tenha cuidado, Aristide!

Tina estava novamente esperando o amigo, vinha ao menos uma vez ao ano, entre uma e outra viagem de negócios.

Como sempre, trouxe flores para as duas e uma boa garrafa, e um presente para o afilhado.

Nadia deixou que os dois matassem a saudade sozinhos. Num restaurante perto do rio, passaram horas navegando nas lembranças, cada um contando as suas, ou os dois se interrompendo ao lembrar as muitas comuns, deixando-as regar suas almas, como diziam, alimentar suas raízes, refrescar seu dialeto, voltar às origens.

Ambos amavam a música, se exaltaram lembrando árias, cantaram algumas, "a música enriquece", diziam, "abre janelas para outros universos". Se empolgaram falando da magia, da sua força, das catedrais de Bach, dos jardins de Lulli, do mar de Debussy, dos rios de Smetana, dos mistérios revelados por Mahler...

Passaram à pintura, Tina falou de arte, da novidade a todo custo, que de tanto insistir na ruptura acaba se tornando uma moda; a ideia de romper com a memória, a história, o passado da arte valeria se o futuro não seguisse sendo "uma repetição dessa novidade-norma que segue sem rumo de mil maneiras", como escreveu um crítico decepcionado.

"A arte acabou no supermercado", escreve Arnaldo Jabor, e cita Brad Holland: "Antes, os ricos encomendavam belíssimos quadros para seus palácios, e a reprodução dessas obras acabava em calendários pendurados nos postos de gasolina. Hoje é o inverso, o sujeito pinta uma caixa de sopa vagabunda, que acaba pendurada na sala dos ricos."

Aristide percebeu que Tina falava agora sem parar, para não deixar espaço à pergunta que sabia que seu amigo lhe faria por conhecê-la bem demais, e ela veio:

— Amiga, para, você quer me dizer algo, desembuche, o que é?

Tina nem ficou surpresa, natural que entre eles a telepatia funcionasse, foi direta:

— Rinaldo, vi há um mês...

Aristide sentiu um arrepio de ódio atravessar-lhe as costas, não conseguiu falar, ninguém tivera mais notícias do desgraçado.

— ...estava só, num restaurante elegante, era a sombra do que conhecemos, magro, acabado, careca...

— Espero que seja porque a consciência lhe rói o fígado de assassino filho da — foi a reação de Aristide, Tina não relevou a interrupção.

— ...fui à sua mesa, parei bem na frente dele. Quando me reconheceu teve um sobressalto, mas logo me sorriu, levantou-se, me estendeu a mão com uma expressão estranha; não fosse ele, teria pensado que estava implorando que eu a apertasse.

— E você?

— Fiquei olhando bem nos olhos dele, entendeu, retirou a mão, disse "Você aqui?" Não respondi, fiquei impassível, esperando não sei bem o quê, não conseguia decidir se ia embora ou pulava em cima dele, longos segundos até que ele disse baixinho: "Por favor, sente-se, gostaria que me ouvisse." Seria pelo tom da voz e porque falou dialeto, sentei. Perguntou se eu queria tomar algo, nem respondi, sentou, ficou mudo uma eternidade, uma cena surrealista, finalmente disse: "Não teria coragem de procurar alguém daqueles tempos, mas fico feliz que você tenha me achado. Sei que nem você nem os outros me perdoam, que se tivessem uma chance me liquidariam, os entendo." Aí me pediu licença para pedir um conhaque, de que necessitava, nem me perguntou mais se eu queria um também, sabia que recusaria, ficou calado até o garçom servi-lo, bebeu com impaciência, quase com raiva, desespero, como se fosse oxigênio para um afogado, seguiu sem me olhar: "Estou doente, câncer terminal." Fez uma pausa, o olhar perdido, seguiu falando para si só: "Por favor, deixem-me morrer em paz, já paguei o suficiente nesses anos e os que me restam não serão fáceis. Fale com os outros que estão por aqui, sei que já não me procuram, mas, como você, podem me achar por acaso e não ter a sua atitude de hoje."

Silêncio, até Aristide perguntar:

— E você?

— Fui embora sem responder. Já passou muito tempo, Aristide, o homem está morrendo, nem merece mais que falemos dele, que lute sozinho com seus demônios.

Essa gente não tem nada humano.

Enquanto transcrevo, vejo a figura do coronel Joll, da Terceira Divisão da Guarda Civil de um império — qual, não importa —, no livro À espera dos bárbaros, *do Prêmio Nobel sul-africano J. M. Coetzee. É o exemplo terrificante desses frios torturadores, imbuídos da sagrada missão de aniquilar a razão e o espírito do inimigo, tal sendo qualquer ser humano pensante.*

"Há um certo tom" — diz Joll. — "Um certo tom que aparece na voz do homem que está dizendo a verdade. Treino e experiência ensinam a reconhecer esse tom [...]. Primeiro eu consigo mentiras, entende, é isso que acontece, primeiro

mentiras, depois pressão, depois mais mentiras, depois mais pressão, depois a quebra, depois mais pressão, depois a verdade. É assim que se consegue a verdade. A dor é a verdade. O império não exige que seus súditos amem uns aos outros", conclui esse diálogo o autor, *"simplesmente que cumpram seu dever."*

Na cabeça do torturador não há direitos a não ser o dele, como defensor do império.

É bom esclarecer que "pressão" significa arrancar unhas, quebrar a marteladas pés, joelhos, cotovelos, queimar cigarros na pele, sufocar, afogar, e paro por aqui, coisas que acontecem todos os dias nos países para os quais o império, este sim identificável, exporta seus suspeitos para salvar a cara.

Tivemos alguns por aqui, bons alunos, que também souberam transferir os ensinamentos recebidos.

Alguns ainda andam por aí. Protegidos. Palpitando com a maior cara de pau.

❦

O restaurante ia fechar, chamaram o garçom; com uma boa gorjeta, obtiveram que lhes desse tempo de tomar a derradeira.

Era quase uma hora da manhã quando tomaram o último gole:

— Para enterrar o passado — disse Tina sorrindo.

— E esse aí também, e com ele uma época que esperamos nunca mais voltar.

— Você é otimista demais, mas... *salud*!

O garçom lhes chamou um táxi, ao qual pediram que andasse lentamente ao lado da calçada e caminharam de braços dados, olhando o rio, que à noite não tem a triste cor da sua água barrenta e brilha pelos reflexos das luzes da cidade.

O céu noturno de Buenos Aires é lindo, aos dois pareceu que as estrelas fossem mais brilhantes.

A voz das lembranças enchia o silêncio; às vezes faz bem ser refém da saudade, passear com ela.

— Nossos momentos são eternos.

— Momentos de amizade, tempo absoluto.

Levou Tina até em casa, Nadia cochilava no sofá esperando a companheira.

Pediu para ver o afilhado, estava dormindo, lindo rapaz.

Tina foi buscar uma garrafa de conhaque, Aristide recusou, Nadia e ela beberam sozinhas.

Estava entrando no táxi, Tigre, da porta, com o copo na mão, brindou a última gota:

— À sua, camarada.

XXVI

Ter falado ontem em camaradas, trouxe à memória de Aristide uma de suas viagens a Moscou, há muitos anos.
 Conheceu os amigos de uma russa emigrada para Buenos Aires que lhe dera o seu número do telefone para que lhes levasse notícias, contasse da sua vida na América.
 Deu ao motorista do táxi um endereço fajuto, fez a pé uns bons quarteirões e chegou finalmente ao prédio e apartamento indicados.

◈

 Ambos arquitetos, haviam convidado um casal de artistas; todos falavam francês, o russo aproximativo dele não foi necessário, apesar do que o provocaram várias vezes para testar seu conhecimento do idioma. A dona da casa era linda, alta, loura, com aquele toque de tártaro que distingue os moscovitas da cepa. As mulheres dos diplomatas europeus e americanos sediados em Moscou se sentem decididamente ameaçadas pela beleza tranquila e estranha, inquietante e assumida, das mulheres de lá.

O apartamento era relativamente grande, havia ícones lindos, algum quadro pintado pelos donos da casa, o samovar de costume, uma imponente estufa antiga de maiólica branca e azul, talvez holandesa, móveis coloridos.

A noite fora agradável, a atmosfera foi se abrindo, a conversa intensa, universal.

Era a primeira vez que entrava numa casa russa, pareceu-lhe que já havia vivido nessa Rússia pela qual sempre fora apaixonado, além da política, a Rússia histórica, literária, musical, teatral, eterna.

Aristide voltou lá mais duas vezes, aprendeu que o casal de artistas, Mikhail e Sara, era judeu, ele pintor, ela violinista, e que Sara não se sentia dali, parecia ter passado os quarenta anos da sua vida numa redoma de vidro, que odiava por tê-la separado do mundo, dizia.

Queria ir para os Estados Unidos, o mundo que idealizava, onde a vida seria fácil e livre; os filmes de Frank Capra mostravam esse mundo ideal, eram convincentes.

Haviam pedido o passaporte, esperavam que lhes fosse concedido, parecia que seria dentro de poucos meses, diziam isso com hesitante e inquieta alegria.

Mikhail não tinha ilusões sobre a vida que ele e a mulher teriam nos Estados Unidos, sabia que os começos seriam duros. Acreditava no talento da mulher e no seu, mas sabia que teriam de demonstrá-lo:

— Sara poderá tocar e fazer conhecer seu valor, mas para mim, sem ateliê, sem obras para exibir, sem dinheiro para poder esperar, será difícil.

Queria que Aristide lhe fizesse o favor de levar para fora do país alguns óleos, desenhos e gravuras dele, que poderia recuperar na chegada e logo mostrar a galerias de arte.

— Não é um favor, é uma graça que lhe pedimos — disse com um sorriso implorante, e Aristide se sentiu santificado, o que naquela situação era bastante estranho.

Acabou saindo com uma mala cheia, Mikhail não era conhecido, se o parassem na alfândega diria que comprara as obras em feiras de Moscou e arredores, em Zagorsk, Vladimir ou Suzdal.

Em Nova York confiou a mala a Dick Booth, um amigo jornalista da *Newsweek*, com a recomendação de guardá-la e de só entregá-la a quem indicaria um dia. Sabia lá quando os dois sairiam da União Soviética?

Passaram meses, recebeu uma carta, Mikhail informava que já haviam chegado a Paris, pedia o endereço da pessoa que guardava as obras.

Na carta há um número de telefone, Aristide liga, grande alegria, dá o nome e endereço do amigo jornalista, para quem telefona também anunciando que breve terá a visita da pessoa à qual entregar a mala.

Não teve notícias por um tempo, viajava sempre, agora com Lúcio, o neto escolhido como sucessor, até que um dia, em vista de uma nova viagem a Moscou, chamou a amiga que dera o endereço para ter notícias, soube que Sara e Mikhail, chegados a Paris, haviam encontrado amparo na casa de amigos de amigos de amigos, como sempre ocorre entre emigrantes pobres e solidários, haviam ligado para o jornalista, e Mikhail, feliz por ter a confirmação de que a mala estava à sua espera, chorara ao telefone.

— Disseram que você é um santo — e Aristide começou a se preocupar, será que realmente concedia graças?, pensou sorrindo.

Uma carta de Dick confirmou que a missão fora cumprida, ficava grato por haver contribuído para uma boa ação, o russo saíra feliz com a mala, agradecido como se lhe tivesse salvado a vida num naufrágio.

Um mês mais tarde, ligou para a amiga portenha para mais notícias — sentia-se sentimentalmente responsável pelos dois russos. Ao ouvir a voz dela, hesitante, triste, seu choro súbito, por discrição disse que desligaria e chamaria de novo dali a pouco.

Ligou, entendeu sua tristeza, a interrupção da conversa, o choro súbito que embargou sua voz: no mesmo dia do desembarque, Mikhail telefonara ao Dick, fora retirar a mala e, de tão feliz, não conseguira esperar chegar em casa para informar à mulher que havia recuperado suas obras, mas, por discrição, não quis chamá-la da casa do Dick.

Desceu correndo para a rua, parou num orelhão, pousou a mala no chão, fez a ligação, desligou...

...a mala havia desaparecido.

Mikhail se jogou na frente do primeiro ônibus que viu chegar.

Morreu na hora.

Alguns meses depois, Aristide foi a Nova York, ligou para Sara, queria expressar-lhe pessoalmente sua solidariedade. Levou-a para jantar, quis ouvir a história outra vez, uma maneira de ajudá-la.

Soube que havia encontrado trabalho como violinista, ganhava sua vida também com traduções para uma editora, mas constatara que a vida nos Estados Unidos não era a que aparecia nos filmes de Frank Capra.

Agora seu sonho era ir para Israel.

Aristide a ajudou, Sara foi morar num *kibutz*.

Cada tanto escrevia, cartas breves, notícias essenciais, tocava num quarteto.

Na última dizia:

> *Querido amigo,*
> *estou mal mas serena.*
> *Sempre penso em você, que entrou na nossa vida por acaso, mas foi determinante, pela sua generosidade no início e solidariedade no fim.*
> *Baruch, Aristide, seja bendito.*
> *Sua amiga Sara.*

A resposta de Aristide voltou carimbada com os dizeres: "Destinatário falecido."

XXVII

MEU AMIGO HOJE CHEGOU TRISTE, *é o aniversário do falecimento do filho dele. Lamentava, disse um dia, que além de praticamente não ter tido pai, também perdera o filho jovem.*

Não tem lembranças do pai, mal o conheceu. Seus amigos dizem que deveria sentir saudade dele, saudade do quê, de alguém que nem vê com a memória, a não ser que olhe a única e velha fotografia dele que possui?

Parece-se com ele, mas, pelo que sabe, só nos traços e no jeito de andar, que sua postura na foto tomada na rua deixa imaginar.

Da vida com o pai, Aristide só lembra alguns episódios insignificantes, da infância, como o da vez em que voltavam de Monte Carlo, era noite, chovia, e uma árvore caída bloqueava a estrada, de um lado ao outro, o vento fazia seus galhos varrerem o chão.

— É estranho que nunca penso em meu pai, a não ser em relação a pequenos fatos, pálidas recordações confusas, insignificantes. A isso se reduziu meu pai? — me disse uma vez.

— *Aprendi muito cedo a saber esquecer* — conclui. E, com um sorriso indeciso: — *Mas do meu filho lembro tudo* — se consola.

༺༻

Do pai só começou a querer lembrar mais tarde, ao andar pelo mundo, nos momentos de pausa solitária entre dois aviões ou encontros de trabalho, quando morria o pai de algum amigo, ou este lhe falava do seu.

Não era falta, saudade, só um estranho desejo de ajudá-lo, como se o pai tivesse a sua mesma idade, ou até a de seu filho, e ele pudesse lhe dar conselhos. Momentos de generosidade póstuma para com o velho.

Achava graça.

Nunca havia sonhado com o pai, nem vivo nem morto, nem real nem imaginário, só pensava nele racionalmente, quando pensava, e logo o esquecia de novo.

Morreu durante a guerra, em 44. Soube da morte dele porque o prefeito enviou um carabineiro, um cabo ancião que todos conheciam, avisar a mãe; disse que o prefeito o convidava — isso mesmo — a ir vê-lo, que não deveria se preocupar, que dava sua palavra de honra.

A luz crua da lua quase cheia iluminava dois guardas na entrada do jardim, mais dois na porta da casa; deu seu nome, olhar frio, abriram, um o acompanhou até uma escrivaninha, o homem atrás dela estendeu-lhe a mão, ele a ignorou.

— Quis falar com você e não com sua mãe. Tenho uma triste notícia para vocês — hesitou, Aristide ficou mudo, esperando, o viu inquieto, pesaroso, acender um cigarro, abrir os braços impotente. — Seu pai morreu, sinto muito.

Aristide estava tão longe do pai, nem imaginou que pudesse tratar-se dele, não sentiu nada, nem comoção nem surpresa, uma notícia burocrática, não fazia parte do seu presente.

Passou em casa, deu o recado à mãe, fez que não via uma lágrima assomar nos seus olhos, ficou um momento em silêncio abraçado com ela.

Foi embora deixando-a com a saudade do homem que os abandonara doze anos antes.

Achou que a mãe ainda o amava, tratou de entendê-la enquanto ia pela trilha que sobe até onde estava seu grupo.

Fazia frio, mas logo começou a suar, não pensou em mais nada.

Os da sua terra não fazem tragédias, muito menos inúteis.

Depois da guerra foi ver como o pai morrera, o pároco da aldeia o levou ao prefeito comunista, ex-*partigiano*, que havia vivido o episódio.

— Era uma noite fria de março — disse, para pôr um mínimo de atmosfera no relato. — Não o vimos chegar ao lugar marcado, ecoou no vale uma rajada de tiros, imaginamos logo que era para ele. Nós o encontramos já inconsciente na neve manchada de sangue, vermelho como a nossa bandeira — sorriu —, quem sabe seu pai não fosse tão fascista assim. Trouxemos seu corpo até o adro da igreja.

Perguntou se no comando dos fascistas não teriam achado uma fotografia do pai. Não, mas havia uma do tenente que mandara matá-lo, porque estava negociando uma troca de prisioneiros.

Levou-a consigo, única lembrança depois de anos.

A fotografia do seu assassino.

XXVIII

*C*ONTRARIANDO AS PREVISÕES *meteorológicas da mídia, o sol brilhou e os pássaros apareceram cedo no meu terraço para cantar a sua glória. Um deles, particularmente entusiasmado pela moderna manjedoura para o alpiste que o Dario me enviou de presente, talvez porque desabrocharam duas rosas vermelhas na heróica roseira que ali sobrevive impávida contra ventos e chuvas, improvisou um novo trilo que repete alegremente, Paganini e Jean-Pierre Rampal teriam gostado.*

O heróico trovador é o único que frequenta essa coisa estranha, os demais voam longe ao redor dela, amedrontados; o sofisticado apetrecho metálico deve parecer-lhes uma tremenda máquina de guerra; notei que vão perto, se veem no vidro do cilindro, que lhes deforma a imagem, retrovoam (retrocedem voando, sim?) confusos e assustados.

Não esperava Aristide tão cedo; pediu à Maria que antes do vinho de sempre lhe desse um copo de água, o calor lá fora, explicou.

Meu griot *hoje começa em voz baixa, parece rezar, já sei, significa que haverá uma introdução ambiental e histórica, Leonardo e eu teremos que ser pacientes.*

༺༻

Foram tempos complicados, para quem devia ficar íntimo do inimigo para melhor combatê-lo, mentir aos amigos para protegê-los, proteger-se dos que faziam exatamente a mesma coisa do lado contrário, como Arturo.

Para salvar o irmão menor, engajado na luta armada contra os nazistas e os fascistas, aceitara colaborar e denunciou Aristide e Alberto.

Bem que merecia o Arturo, mas, já que os quatro haviam sobrevivido, não era necessário que morresse afogado no seu sangue, o pescoço rasgado por uma facada, a cabeça pendente de lado, enquanto seus joelhos se dobravam e ele lentamente se esparramava no chão em três tempos, como um boneco jogado fora.

Alberto estava com a boca aberta, fechou-a para dizer "Não queria...", não queria o que, seu idiota, pensasse antes, se é que sabe o que significa pensar, mas a raiva acumulada o cegara.

O corpo do Arturo estendido no chão, Alberto parado observando a lama do seu estúpido canivete vermelho, seu cigarro iria queimar-lhe os lábios... Encostou na parede, respirava forte, emitia leves lamentos, começou a chorar como uma criança, deslizou até sentar no chão, enquanto Aristide pensava como sair de mais essa.

Afastou-se até a praia, olhou o mar calmo.

— O mar, à noite, vem desaparecendo do horizonte até a praia, até que dele só se veem as ondas — pensou-disse.

Pescadores haviam deixado um barco a poucos metros, foi ver, os remos estavam nele, pediu ao Alberto que trouxesse o corpo, que o atordoado carregou nos braços como noiva em noite de núpcias, e deitou delicadamente no fundo.

Tiraram os sapatos, arregaçaram as calças, empurraram o barco na água pulando nele, armaram os remos, rumaram para o mar escuro.

Arturo acabou comida para os peixes, além do cabo que projeta a cidade sobre o mar, na época lugar habitual desse tipo de conclusões — políticas, mafiosas e outras — por ser frequentado por uma espécie de pequenos tubarões, em virtude da existência do matadouro logo ali — que no verão, com o mar calmo, cheira à morte —, garantia do desaparecimento definitivo dos corpos dos delitos.

— Adeus, Arturo — disse baixinho Alberto, ao jogar o corpo por cima da borda.

Esse tampouco gozava de grande consideração, havia criado muitos inimigos, conseguiram safar-se novamente.

Aristide gosta de contar o passado, "sempre ensina a enfrentar o presente", diz. A comparação é fácil, os erros os mesmos, só mudam quantitativamente: os mortos da Primeira Guerra Mundial foram quinze milhões, os da segunda mais de cinquenta, os da futura serão quantos, um bilhão? Ela já começou?

Os problemas da humanidade identificados no passado foram e são ignorados até estourar no presente, serão dramáticos amanhã, sua eventual solução seguirá subordinada aos interesses dominantes da época, portanto impossível.

Somos mutantes ainda inconscientes do nosso estado, inquietos saímos à procura de algo que ninguém pode nos dar, o mercado envolveu tudo, ética coletiva, moral individual, fé, esperança e caridade, supostas salvações estão à venda de mil maneiras, poucos conseguem manter-se lúcidos, a razão foi calada.

Salvam-se a ironia e o humor (amiúde *mau* humor) — assim mesmo fora do alcance de muitos —, ainda capazes de suscitar dúvidas à procura de respostas.

Poucos vivem lutando enquanto aguardam o futuro, o qual, como diz o título de um famoso livro, e a maioria esquece, tem um coração antigo.

☙

Aristide odeia telefones.

Raramente liga para alguém se está acompanhado, hoje teve que falar com seu médico. Desapareceu no meu escritório. Quer notícias da sua antiga empregada velha e doente, Hermilda, uma magnífica negra iorubá com porte de rainha.

Não confia na assistência que lhe foi dada no hospital que a mandou de volta para casa. Teve quase de brigar para que fosse ou enviasse um assistente visitá-la, eu ouvia a sua voz alterada pela irritação.

— Se fosse uma madame já teria ido — voltou dizendo.
Conheço poucas pessoas com opinião tão definitiva quanto a esse estúpido e irracional crime de lesa-humanidade que é o racismo, amiúde hipócrita, se revela de mil maneiras sempre que a oportunidade se apresenta. Meu amigo luta contra ele sem medo nem limites, sempre foi coerente e decidido a tomar partido e correr os riscos inerentes.

❦

Aristide costumava visitar aos sábados amigos que moram num elegante prédio.

Nesse sábado, Manoel — o porteiro português que o conhece há anos e abre-lhe o portão da rua ao vê-lo chegar —, enquanto meu amigo entrava, acenou com o indicador a passagem para a entrada social, logo depois seu polegar para baixo assinalou que não funcionava, indicador novamente para mostrar a porta de serviço e polegar para cima, Aristide entendeu, passar pela porta de serviço.

Estaciona o carro nos boxes do térreo, visitante não pode seguir para o subsolo, sobe os três degraus que levam à entrada de serviço, para ao ouvir alguém falar alto, voz desagradável.

— Você não sobe comigo neste elevador! — o tom brusco corresponde à expressão carrancuda do superesteticamente cirurgicado rosto de uma madame, que agora ele pode observar no seu uniforme de dondoca ostensiva.

— Mas, minha senhora, é o único que funciona — responde a surpresa interpelada, que devia estar ali antes.

— Eu não viajo em elevador com empregada, muito menos preta!

Era demais, a moça estava por revidar, Aristide achou melhor que não se metesse em apuros, trabalho não se acha facilmente, interferiu:

— Boa tarde, madame, posso ajudar?

— Pode sim, o senhor explique a *essa aí* que ela não pode subir neste elevador com a gente — branco e de gravata, o associou à sua classe no mesmo instante.

O porteiro, que ao ouvir o barulho havia aberto a porta de comunicação com a entrada principal, desapareceu precipitadamente, devia conhecer a megera, à qual nosso herói, com paciência, disse:

— A senhora não pode impedi-la de subir, ela trabalha aqui.

— O senhor não é daqui, não entende — o elevador havia chegado e a madame ia abrir a porta —, faça-me o favor de não se meter onde não é chamado!

Aí Aristide ficou puto, não lhe acontece com frequência, mas quando acontece sai de perto, se intrometeu entre ela e a porta, pegou gentilmente a moça pelo braço convidando-a a entrar no elevador, foi entrando atrás dela impedindo a passagem da fera e, enquanto a porta ia se fechando, disse com voz flautada:

— Este é o elevador de serviço, só entram nele os empregados e os que *não são daqui*, a senhora não pode se misturar com gente como nós.

Lamentou não poder ver a cara da madame, o elevador subiu na hora, a moça e ele riram em silêncio para não perder os impropérios irados do jaguar furioso que rugia chamando desesperadamente o porteiro, xingando "Essa empregadinha atrevida e esse estrangeiro que vem cagar (opa!) regras no meu país!" e demais considerações socio-antropológicas do gênero.

Chegaram aos respectivos andares ainda ouvindo os berros da louca lá de baixo, que deve ter se queixado também com as pessoas que ia visitar, as quais os amigos de Aristide conheciam e eram, por sorte, mais cordatos e democráticos do que a escravista em questão, além do mais deviam conhecer a nova lei contra o racismo, e, seguramente, a aconselharam a se acalmar.

Quando Aristide deixou seus amigos, que moram na cobertura, o elevador parou num andar intermediário, a tal madame entrou de costas despedindo-se dos seus anfitriões, virou, percebeu a presença dele, pulou de raiva.

— Boa noite, minha senhora — arriscou Aristide.

A mulher virou-se rosnando novamente para a porta, resmungou até chegar ao térreo, saiu atropelando duas pessoas que esperavam o elevador.

Aristide seguiu até o subsolo com medo de ser mordido e envenenado.

Gente assim devia ser enviada para trabalhar numa mina a oitocentos metros debaixo da terra — essa da mina a oitocentos metros é uma mania dele —, seria mais útil.

A prepotente e infinita imbecilidade dos racistas é desesperadora.

Nada reflete melhor o estado de ânimo de quem se sente excluído, oficialmente ou pela cruel corrente subterrânea que rega a mente enferma dos racistas, do que a pergunta que a vítima dirige a si mesma: "Onde fica a liberdade, minha e deles, se não posso ser eu mesmo?"

Levi era o mensageiro da presidência por ser inteligente, educado, disciplinado e simpático. Trabalhava e seguia estudando, estava no último ano do colegial, queria ser advogado, contrariamente aos demais mensageiros da firma — era proibido chamá-los *office boys*, não estamos no sul dos Estados Unidos, dizia Aristide, presidente da empresa, executivo original por estas bandas, tratava todos de senhor, não admitia racismo nem piadas a respeito de.

Negro, alto, magro, atlético, com postura de chefe malinké, Levi fazia pensar também aos masaï, não fosse o fato de que os escravos brasileiros foram trazidos da África Ocidental.

— Você também poderia ser um wolof senegalês — dizia-lhe, o que deixava os colegas do Levi intrigados, *isso seria bom ou ruim?*, mas nenhum teve coragem de fazer perguntas.

De onde seus pais haviam tirado esse nome judeu, Levi não soube até que a mãe lhe contou que era o nome do médico que a curara durante a gravidez difícil que tivera.

Um dia a secretária foi avisar:

— Levi está lá fora, triste, e não diz por quê.

Foi ver, acalmou o rapaz, perguntou qual era o motivo desse desespero.

— Fui levar uma carta urgente e pessoal ao doutor Tal, a secretária dele não estava na mesa dela, tomei a liberdade de bater à porta, ouvi "entre", entrei, nem me deixou falar, berrou "Seu crioulo estúpido, filho, etc., como se atreve, acha que pode entrar assim sem mais", larguei a carta no chão e vim embora correndo.

— Foi assim mesmo?

— Foi, sim senhor.

— Vem comigo.

O escritório da empresa do doutor Tal estava a poucos quarteirões, um prédio inteiro, grande empresa, grande cliente, tanto faz, chegaram ao andar, a secretária conhecia o doutor Aristide, o cumprimentou, este devolveu o bom-dia, mas foi direto à porta do chefe, bateu, ouviu "entre", foi entrando seguido pelo Levi.

— Mas o que é isso? — exclama surpreso o doutor Tal, reconhece o visitante e — Ah, prazer em vê-lo mas...

— Doutor, prazer também, mas este rapaz veio lhe trazer uma carta nossa urgente e pessoal, a sua secretária não estava, achou que poderia bater à sua porta, ouviu o seu "entre", entrou, e o senhor o tratou de crioulo atrevido e muito mais...

— O quê? O senhor invade meu escritório para isso?! São coisas que se dizem, eu estava muito ocupado...

— Mas agora não está e pode pedir desculpas a este rapaz, que é nosso funcionário e, ao ofendê-lo, o senhor ofendeu minha empresa e a mim mesmo.

— O senhor está me ofendendo!

— Não, estou ajudando o senhor a corrigir um erro.

O doutor Tal ficou uns segundos perplexos, olhou Aristide, olhou o Levi e

— Podemos conversar um minuto a sós? — disse baixando a voz.

— Claro. Levi, espere lá fora, por favor.

O doutor Tal deu a volta na sua mesa e

— Não acredito! Sou seu cliente, suponho que importante, sua atitude não favorece uma boa relação comercial. Mas eu o entendo, o senhor nunca viveu num país que teve na sua história a escravatura, ela deixa rastros, uma pessoa como eu, por exemplo, que não se considera racista, pode cometer esse tipo de excessos, mas são só palavras!

— Se o senhor não é racista, peça desculpas. Esse rapaz tem que acreditar no seu país, episódios como o de hoje não favorecem sua confiança no futuro. Não basta ser *contra* o racismo, precisa ser *a favor* dos discriminados.

Nova pausa.

O doutor Tal olha pela janela, Aristide espera pacientemente, enquanto sua cabeça faz a conta do prejuízo que esta história trará à sua empresa, bastante, percebe, não importa, *siamo uomini o caporali?*, pergunta a si mesmo com essa frase que na terra dele significa somos homens ou palhaços, com todo respeito pelos cabos e pelos palhaços...

A voz do doutor Tal interrompe suas elucubrações financeiro-morais:

— Sabe, doutor, o senhor tem razão. Chame o rapaz.

Levi estava ansioso atrás da porta, não ouvia nada, o olhar da secretária não era de simpatia, temia o pior. Conhecia seu chefe, como o chamava, "mas vá saber esses branquelas não se punham de acordo, negócios são negócios, o que eu posso valer comparado a isso. Foi um bonito gesto, de acordo, mas logo vem o depois, o repensamento".

Levi lia muito, tinha boa cabeça, não lhe faltavam palavras para expressar suas inquietudes...

A porta se abriu, seu *chefe* o chamou, entrou, os dois cavalheiros estavam sorrindo.

— Levi — começou o doutor Tal —, lamento tê-lo ofendido e...

— Doutor, não precisa. Sou jovem mas tenho experiência, sei quanto lhe custa isto. Agradeço suas palavras. Peço licença, muito obrigado, até logo, senhores — virou-se, abriu a porta e foi embora.

Os dois homens se olharam e juntos:

— Não acredito! O doutor Tal, espantado mas sorridente, acrescentou:

— Valeu a pena!

E os dois *branquelas* ficaram conversando a respeito, dali a pouco passaram ao tal negócio da carta urgente, derivaram para outros assuntos, acabaram se tratando por você, se convidaram para jantar *um dia desses*, essas coisas.

Levi não voltou ao escritório, foi direto para casa.

Cabeça cheia, mas não quente, aliás, leve.

Hoje havia entendido muitas coisas, a mais importante era que não foi ele quem cobrou desculpas ou denunciou o tal doutor Tal por racismo, ou escreveu cartas a jornais; foi protegido, não passou de um crioulo sob a asa do patrão.

"Muita gente não vai entender, especialmente minha gente, ou a maior parte dela" — pensava —, "mas eu quero levantar a cabeça na hora, não ir choramingar por proteção e consolo. Não vou voltar lá, aliás vou sim, para me despedir."

Dia seguinte, a secretária viu Levi chegar com expressão decidida, pensou que fosse de satisfação.

— O doutor Aristide me contou tudo, e também que você foi embora sem deixar o homem se desculpar totalmente.

— Não precisava, o homem ia ter essa história atravessada na garganta a vida toda, acabaria um dia culpando o seu chefe.

— Como *seu* chefe, é o seu também, não?

— Não mais, dona Lúcia, vou embora. Posso falar com ele?

— Claro — disse mecanicamente a mulher, mas seu olhar preocupado não abandonou o rosto sério do rapaz —, aguarde um minuto.

Aristide acolheu Levi com a mão estendida, que o rapaz apertou com energia.

— Como vai o nosso herói hoje? Melhor?

— Muito bem, doutor, o senhor tem um momento para mim?

— Claro, depois da atitude madura e inteligente que você teve ontem! Aliás, o doutor Tal e eu ficamos conversando a respeito da sua personalidade e da sua vontade de estudar, de ser advogado, decidimos ajudá-lo a...

— Por favor, doutor, vai ser difícil para mim, deixe-me falar-lhe. Quero ir embora.

— Mas...

— Acredite, apreciei o que o senhor fez e que o doutor Tal tenha se desculpado, mas não é isso que quero. Quero ser dono de mim mesmo, resolver minha vida eu mesmo, espero que o senhor me entenda. Se eu ficasse lhe seria grato pela minha incapacidade de me defender sozinho, não seria uma afirmação de mim mesmo, e sim uma negação. Não me queira mal, por favor. Eu aprecio o que o senhor fez e nunca vou esquecer os anos em que trabalhei aqui, mas tenho que ir embora. Só peço que me recomende quando pedirem referências, de onde for.

A secretária e o doutor Aristide se entreolharam chocados, seguiram momentos de silêncio, o doutor Aristide não sabia se devia ficar triste, ofendido ou satisfeito, dona Lúcia tinha um estranho ar materno no olhar, Levi observava o desenho a lápis de Portinari, *Favela*, na parede ao lado da escrivaninha do seu *ex-chefe*, para deixar-lhes tempo de entender.

Sentia-se forte, enfrentaria o futuro seguro de querer lutar para vencer, se perguntava se saberia conquistar sozinho seu sucesso, não desviar dos seus objetivos por necessidade, como acontecera a muitos que conhece.

Finalmente: — Muito bem, Levi — disse Aristide, impressionado e comovido —, mas uma coisa eu lhe peço: se eu puder ajudá-lo não hesite em recorrer a mim, por amizade, não como chefe, como você me chama.

Dona Lúcia não conseguiu reter as lágrimas, deu-lhe um abraço.

Foi um adeus sorridente e cálido, adulto, maduro, que deixou claro um *até sempre*.

Ao sair, parou um instante na calçada, ao lado do portão do prédio.

Observou o trânsito intenso, o ir e vir de gente, as lojas, rapazes da sua idade correndo para levar mensagens.

Funcionários da empresa entraram e saíram, mal o cumprimentaram, não ligou, já estava noutro nível.

Do bar da esquina, vazio a essa hora, o moço dos cigarros lhe fez sinal com a mão, Levi respondeu com um sorriso.

Uma senhora parou frente a ele, pediu uma informação, levava uma bolsa pesada, ia no prédio ao lado, Levi quis levar a bolsa, ela desconfiou, ele insistiu, "não se preocupe, deixe-me ajudá-la", ela aceitou, sorriram-se, foi bom para os dois.

De repente, decidiu voltar ao bar e pedir uma cerveja, devia celebrar esse momento, ou dar-se alento, na hora não soube dizer, a verdade é que imaginou seu amanhã diferente.

Brindou a si mesmo e foi lentamente pegar o ônibus na esquina da avenida.

Levi conseguiu o que queria, estudou, viajou, cursou uma universidade na Europa, fez pós-graduação, doutorado, se tornou um advogado conhecido.
O doutor Tal e Aristide foram ocasionalmente clientes dele.

O promotor de Justiça Valmordi era competente, intransigente, incorruptível, pertinaz e incansável em proporção inversa à sua estatura, um metro e cinquenta e oito centímetros de aço e titânio, resistente ao cansaço e aos obstáculos, igual a camelo no deserto.
Os indivíduos objetivos das suas indagações não eram quaisquer gatos pelados, e sim poderosos que já o tinham interpelado por meio de emissários, capangas haviam perseguido seus filhos na saída da escola, telefonado com ameaças, seguido ostensivamente seu carro.
Nada o parava, até que um dia invadiram e emporcalharam sua residência, destruíram móveis, desenharam na parede uma caveira acompanhada de escritas ameaçadoras, a imprensa finalmente revelou tudo isso e insinuou que o juiz estaria prestes a renunciar.

O doutor Valmordi havia sido professor por um breve período, antes de se tornar promotor, seus estudantes não o esqueciam.

Um deles, talvez o Levi, decidiu fazer com que seu ex-professor soubesse que havia gente que estava ao seu lado, que não poderia renunciar, que se tornara um símbolo.

Convidou o doutor Valmordi para almoçar. Motivo? Saudades.

Foi buscá-lo no escritório, pediu-lhe que dispensasse motorista e guarda-costas — Valmordi hesitou, mas concordou —, pegou no braço dele, e a pé, lentamente, deixando-o na calçada sempre do lado oposto ao da rua, o levou até um famoso restaurante.

Pediu champanhe e caviar, passaram um bom momento papeando, lá pelas tantas o acompanhou de volta, do mesmo jeito.

— O senhor hoje é uma bandeira, sei que não vai renunciar, não deve.

— E se tivéssemos levado um tiro?

— Eu é que teria levado, o senhor é magrinho e baixinho.

O doutor Valmordi sorriu, apertou a mão estendida e

— Obrigado — concluiu, sem mais.

❦

Talvez já tenham ouvido essa história com outra pessoa, talvez até conheçam o personagem.

Ou ouviram falar de alguém que, apesar da sua aparência burguesa, mas afro-brasileiro — quero ser politicamente correto —, ao andar rápido para atravessar a rua antes do sinal abrir para os carros, foi confundido (!?) com um ladrão, preso e morto com três tiros, um não bastava, a polícia quis entender seus protestos como desacato à "otoridade".

Acidente banal, um dos tantos.

E nem corria o negro Levi, fato que poderia justificar aquele famoso ditado que aprendi com meu amigo Genésio Arruda ao chegar aqui: branco correndo é atleta, negro correndo é ladrão.

Será possível que um dia altos e baixos, velhos e jovens, leigos e religiosos, ricos e pobres, nobres e plebeus, fortes e fracos, cultos e ignorantes, delinquentes e honestos, urbanos, camponeses, seja qual for a cor da sua pele, sua origem, seus pensamentos, ideais e sonhos, ou falta deles, sua essência biológica, todos possam ser e se sentir cidadãos do mesmo mundo, da mesma sociedade, da mesma polis, ter os mesmos deveres e direitos?

Repito em cada esquina e escrevo em cada livro: é bom lembrar que o racista é um assassino em potencial.

Levado ao extremo limite de suas convicções, mata.

XXIX

—*E A MARTA? — perguntei logo depois do costumeiro abraço. — Você nunca mais a viu?*

Sempre tive a impressão que houvesse uma segunda parte dessa história, que meu amigo não queria contar. Sou curioso, trata-se da mãe de Valentina, caramba!

Deixei que se instalasse comodamente na poltrona, que tomasse o primeiro gole de Alvarinho — o Chardonnay havia acabado —, e voltei à carga:

— Então?

O safado, quando entra num assunto com certo esforço, inicia filosofando.

⋘

A vida separa os que se amam, diz *Les feuilles mortes*, a linda canção que os versos de Prévert, a música de Joseph Kosma e a voz de Yves Montand fizeram eterna: Aristide havia se mudado para a Europa, Marta decidiu não mais vê-lo, nas suas idas a Buenos Aires ele não mais a procurara.

Anos depois voltou a Buenos Aires, e um dia, por acaso, cruzou com a amiga dela, Tereza, que o reconheceu, o cumprimentou, ele ficou surpreso, mas também lembrou dela, pararam num café.

— Não quero ser indiscreta mas... você tem notícias da Marta? —, perguntou hesitante Tereza.

— Não, nunca mais a vi, como ela está?

— Mal, ficou grávida, teve uma menina, para alimentá-la voltou a fazer o que você sabe, caiu bem embaixo, me entregou a filha, para mim também era difícil, um casal de conhecidos aceitou adotá-la, não foi fácil, mas conseguimos.

— De quem é a menina?

— De quem há de ser, *seu* idiota, Marta só pensava em você, você deve saber. À parte o fato de que se parece com você, agora que volto a vê-lo, é bem você — soltou uma risada. — Desculpe, lembrei da felicidade dela quando soube que esperava um filho seu.

Aristide olhou o copo, a sala, os vizinhos, apertou os lábios, a imagem da Marta surgiu-lhe na memória: olhos imensos, siderais, sonhadores, capazes de se perder no desespero, na angústia, para voltar num instante a brilhar de alegria... Suas pestanas estavam queimando de próximas lágrimas (sinceras, hipócritas, solução psicológica imediata, disfarce, indecisão?), não esperava isso, não estava preparado para essa surpresa, respirou fundo para reencontrar o equilíbrio.

— Que idade tem? Como se chama? Posso vê-la?

— Calma, Ari, Marta o chamava assim, não? Calma, deixe-me falar com os pais.

— O pai sou eu!

— Belo pai porcaria que desaparece!

— Mas foi ela que depois de uns meses me pediu para não ligar mais, não voltar a vê-la! Não me disse nada!

— Claro, sabia que você não largaria sua família, quis poupá-lo, seu cretino!

Novo silêncio prolongado, é difícil admitir ter sido egoísta, ter aceitado com facilidade e alívio a generosidade alheia para manter a postura de homem íntegro, de família, frente aos negócios, à mulher, aos filhos, à sociedade, e a tudo o que desde sempre foi desculpa para os hipócritas cortar uma relação paralela... e agora sentir sem mais nem menos ser o pai de uma menina nunca imaginada, surpreendeu-se com a naturalidade com que aceitava que isso fosse verdade, não ter dúvidas...

— Perdi Marta de vista — seguiu Tereza. — Acho que de vergonha não quis mais me ver, saiu do país, soube de um conhecido comum que está no Panamá, em Puerto Colón, na pior e doente. Se entendi bem, trabalha numa boate qualquer, esqueci o nome, algo a ver com a França, tipo La Parisienne, La Française...

— Quero ver a menina, você não respondeu, quantos anos tem?

— Nasceu sete, oito meses depois que você desapareceu, calcule! — Estava irritada com a reação racional demais do homem, levantou da cadeira, olhar frio, pôs a mão sobre seu ombro: — Me ligue — deu-lhe um cartão de visita —, verei o que posso fazer —. Foi embora sem mais.

Aristide ficou com um vazio na cabeça, logo invadido pelas lembranças, pelo sentimento de culpa, que não podia definir nem queria aceitar, mas que se impunha, e por interrogações: "Por que culpado? Por que acabou assim essa mulher linda e inteligente? Por que só hoje? Quero realmente ver a menina?"

Múltiplas interrogações obsessivas, que nos dias seguintes surgiam-lhe de repente, hesitou, não lhe saíam da mente, encontrou a calma, decidiu encontrar a paz, ligou.

Tereza havia guardado uma carta da Marta, encontrada nos pertences que a amiga lhe confiara antes de desaparecer, deu a Aristide no dia em que lhe confirmou que poderia visitar a menina.

Estavam num bar, o deixou sozinho.

Pela data, havia sido escrita pouco antes dele ter ido embora, depois de uma discussão qualquer. Por que não a enviou? Já sabia que estava grávida? Perguntas agora sem respostas.

Meu amor, meu adorado. Único grande amor meu.

Gosto de você de qualquer jeito, despenteado ou não, molhado ou seco, gordo ou magro, bom, ruim ou do meu jeito: gosto sempre, e sem você a vida não teria sentido, te amo, gosto de você e sou feliz de estar com você; quando você não está penso só e sempre em você, como agora.

Meu amor: acho que o que nos acontece de ruim é nada frente à história que temos vivido.

Ouça, meu amor: com paciência, a nossa cabeça — a minha — volta ao seu lugar. Por favor, somos uma equipe, com paciência tudo volta a ser lindo e certo.

Sem tristeza, com beijos e carinhos, de modo a não nos separarmos com vontade de morrer.

Quero nós dois pelos próximos duzentos anos.

Tivemos a sorte de nos encontrar, cabeça e coração.

Não somos máquinas, somos alma e corpo, espírito e razão, sobretudo amor, o nosso.

O meu é para sempre.

Reguei as plantas para que você as encontre floridas ao chegar.

Arrumei nossas fotografias: que glória e que saudade. Meu coração ficou pequeno: você e eu em mil lugares, juntos.

Esta é a carta mais séria que já lhe escrevi, Aristide, meu amor, o Ari que dança comigo, que me ama, me diz coisas bonitas, me dá nomes que não entendo, porque são inventados.

Quando penso que poderíamos não ter nos encontrado, que foi sorte, uma noite por acaso, me dá medo.

Sou feliz por ter nascido porque o conheci. Lembro que você diz as mesmas coisas, até exagera quando me diz que sou sua única religião, sabe que penso do mesmo jeito, sem perder minhas convicções, porque nos respeitamos, é excepcional ser como nós dois.

Sei que você me conhece como ninguém.

Estou esperando.

Marta

❧

Ficou com a carta aberta na mão relendo uma frase, um parágrafo a cada tanto, confuso, com vontade de chorar, de fazer algo que o acalmasse.

Sentiu ainda mais forte a vontade de interferir na vida da menina, ser pai novamente. Sua situação havia mudado: divorciado, filhos grandes e independentes, não precisava mais mostrar ao público a figura do marido e pai irrepreensível.

A saudade, a culpa, o remorso — agora havia assimilado também essa parte — o faziam sentir-se covarde, a história de sempre, entre o patético e o romântico, entre o ideal e o racional, precisava entender-se, não disfarçar, definir quem era agora: o honesto, romântico, orgulhoso pai; ou o conservador invadido pelo sentimento de propriedade sentimental, de responsabilidade biológica e jurídica?

Novamente: *un uomo o un caporale?*

Não esperava uma acolhida cordial dos *pais da sua menina*, definição que não os excluía, mas assim mesmo os afastava um pouco da filha que já sentia sua.

Cumprimentou-os olhando atrás deles, buscando a pequena, quando a viu não conseguiu frear o impulso de ir ao seu encontro com os braços estendidos para abraçá-la...

A menina recuou, o deixou projetado para frente com as mãos vazias e a boca entreaberta no silêncio do nome dela, que não conseguiu pronunciar pela surpresa da recusa.

Mirta — uma pequena Marta, lhe dissera Tereza antes de entrar — observou Aristide sem medo, pareceu julgar, avaliar esse pai nunca visto.

Firme, consciente, nove anos de caráter e personalidade, a vida condensa a experiência em quem a vive antecipada; os *pais da filha dele* haviam lhe dito o indispensável, Mirta sabia quem era esse homem, assim mesmo a pergunta:

— Você é meu pai?

— Sim — conseguiu responder Aristide.

— Por que não o conheci antes?

— Porque eu não sabia que você existia. Um dia vou contar...

— Não precisa, já sei. Você vai desaparecer?

— Não, se você não quiser.

— Não quero. Amo meus pais adotivos, mas acho que vou gostar de você — e assim, decidida, sem mais, avançou, entrou no abraço dele e lá ficou, seus cabelos acariciando a bochecha de Aristide.

Conseguiu não chorar.

Agora que havia conhecido a menina, sentiu o dever de voltar a ver a mãe dela: justiça, lealdade, dever?

Decidiu procurá-la, devia-lhe isso.

Devia-o às duas.

༺༻

Assim terminou a tarde, não quis alongá-la, deixei o silêncio trazer a despedida.

Poucos minutos depois, Aristide me deu um abraço murmurando "Até amanhã" e foi embora.

A continuação merecia uma sessão inteira, e amanhã não vou deixá-lo mudar de assunto, também porque acho que vai lhe fazer bem.

XXX

O griot *deve ter lido meu pensamento porque hoje tomou a história da Marta de onde a havia deixado.*

☙

Três meses depois, como acontecia cada vez que viajava a negócios pelas Américas, fez uma escala no Panamá, onde sempre devia passar a noite; decidido a encontrar Marta, dessa vez permaneceria dois dias.

Veria depois o que fazer.

Ramón era motorista, Aristide o conhecera anos antes: equatoriano, enorme, atlético, simpático e educado; continuava a avisá-lo a cada viagem para que o esperasse no aeroporto, ficava com ele até ser levado de volta no dia seguinte.

O pai de Ramón fora contratado pela Companhia do Canal, Ramón havia estudado, aprendido línguas com os vários funcionários e operários que o pai frequentava, tornara-se taxista. Negro, apesar de competente não teria muitas chances de se afirmar acima de um certo nível; mas, pequeno empresário dono de si, livre para administrar seu tempo, foi aumentando sua frota de bons carros, que tratava com esmero, e se transformou no elegante — e culto — dono da melhor empresa de transporte turístico do pedaço.

Panamá não é, com certeza, um lugar representativo do que se entende por Caribe, que a maioria considera limitado àquele "punhado de ilhas de coral e sonhos, semeada de estilizadas palmeiras, acariciadas por brisas da temperatura da pele, com areias aveludadas que convidam a se espreguiçar sensualmente, com mar transparente que parece uma imensa piscina de hotel de luxo, mulatas encantadoras, jovens negros de branquíssimo sorriso e bermudas caminhando pausadamente como majestosas panteras, expondo seus estupendos músculos ao olhar lascivo dos turistas — só nas praias de Barbados há quatro mil *beach-boys* disponíveis —, parte do pacote turístico das excursões *all included* dos navios de luxo que passam por elas, sem contar golfe, críquete, esqui, pesca submarina, *barbecues*, coquetéis exóticos, ritmo frenético de tambores, rum com água de coco, daiquiris, mojitos e calipso, rumba, conga, chá-chá-chá, que favorecem carícias e transas na areia pisada pelos mais famosos piratas e filibusteiros, cujos fantasmas ainda são evocados pelas ruínas de suas fortalezas e refúgios".

Panamá não é exatamente um exemplo dessa descrição — copiada de uma publicidade turística —, que esquece a realidade histórica: sangue, destruição, massacre e exploração de índios, negros, chineses, e os bairros vermelhos de seus portos.

Sede de mil bancos e de suas mazelas, dizem que ultimamente se transformou em um paraíso de milionários gringos. Só podia.

Aristide havia comprado uma joia, algo que Marta pudesse aceitar — lembrava o caráter da moça, não aceitaria dinheiro, não dele — e vender com facilidade, mas não queria descer ao porto, conhecia esses antros, seria *o cliente rico da moça*, só aumentaria a possibilidade de chantagem, a ela e a si próprio.

Sabia que poderia contar com Ramón, seria um pacto entre homens:

— Em Puerto Colón vive uma mulher de nome Marta, argentina ou uruguaia — tinha dúvidas quanto à atual nacionalidade dela, deu-lhe a descrição da que imaginava pudesse ser a Marta depois das experiências de vida que teve. — Você vai lá esta noite, aqui tem dinheiro para que possa procurar uma boate ou o que for, de nome afrancesado, algo como La Parisienne ou La Française. Ache a mulher, faça como se quisesse sair com ela para a noite, espere por ela e traga-a aqui. Não me importa se é feia ou velha nem como esteja vestida.

Ramón olhava seu *patrón* sem entender o que raio um cavalheiro como ele poderia ter a ver com *essa* mulher, mas não fez perguntas. Aristide percebeu que deveria contar-lhe a história toda para evitar mal-entendidos e obter a colaboração consciente do homem; depois de vê-lo até três ou quatro vezes ao ano, devia ter confiança nele e lhe revelar as razões da *missão*, termo sobre o qual insistiu ao final da explicação.

— É uma missão, Ramón, um ato de solidariedade.

Ramón o olhou como se o tivesse conhecido naquele momento e

—Sabe, don Aristide, es bonito lo que Ud. está haciendo. No se preocupe, voy a traer a esa su amiga — o termo *amiga* confirmou que Ramón havia entendido.

Não foi fácil. Havia boates com nome afrancesado e mulheres que não acabavam, e Ramón, talvez condicionado pela história dela, não sabia como definir e identificar Marta naquele ambiente.

Foi perguntando em vários *estabelecimentos* por uma argentina *com quem já havia estado*, observado com suspeita ou ironia pelos homens, alguns dos quais revelavam na postura e no olhar sua condição de *magnaccia*, *caficios*, *maquereaux*, *pimps*, *chulos*, cafetões encardidos ou iniciantes, mas Ramón não se deixou impressionar e seguiu a sua investigação, até descobrir a mulher.

Mais difícil foi escolher o momento de lhe revelar sua *missão*; quando o fez ficou preocupado com a reação de Marta, temeu que ela pusesse tudo a perder.

— Não é verdade! — exclamou, e um garçom (garçom?) se aproximou, ao que Ramón, com a naturalidade de um ator. disse, também em voz alta, "Claro que sou eu! Você não me reconheceu porque faz muito que vim a Puerto Colón!", e o tal garçom se afastou.

A partir desse momento, foi fácil negociar a saída com o "encarregado" sem ter que ir ao hotel obrigatório, um dinheiro consistente passou das mãos de Ramón às do imbecil, Marta e Ramón foram embora abraçados, a noite era quente, havia lua e estrelas, poderiam ser um casal qualquer.

Para Marta era difícil assimilar a situação; sair com um desconhecido fazia parte do negócio, estava acostumada, mas se sentir em segurança, sem nenhum medo nem preocupação, isso era novo, tinha a sensação de passar por um momento irreal.

Reteve Ramón, olhou nos seus olhos, na luz débil do lampião da rua, viu bondade, assim mesmo:

— É tudo verdade? — perguntou ansiosa.

Ramón não respondeu, apertou seu braço e a puxou gentilmente até o carro.

Durante a viagem, Marta, tensa, preocupada, perguntava sobre Aristide, Ramón fazia o possível para tranquilizá-la, mais não podia fazer.

— Mas como ele é? O que disse mesmo? Por que quer me ver? — perguntas ansiosas sem resposta.

— Tenha paciência, Marta, não há de ser por mal, *conozco al hombre hace años, es buena persona, si se ha acordado de ti es porque quiere ayudarte.*

Chegaram ao Panamá de madrugada, situação delicada, a Marta que Ramón trazia estava realmente em mau estado, sua roupa a definia pelo que era, não poderia deixar que seu *patrón* aparecesse como frequentador de mulheres de rua, decidiu levá-la a um hotel do centro para que descansasse.

Marta não sabia o que esperar, estava dividida: felicidade pelo reencontro? Receio da decepção de Aristide? De voltar a um passado esquecido e renovar o sofrimento que lhe custara anos sufocar dentro de si?

Ensaiou um sorriso, amargo de medo e hesitante de esperança.

Aristide esperava Marta com o coração inquieto e a cabeça curiosa: como será? Um corpo usado do qual ainda há pouco sentia um vago desejo na lembrança do que foi? Um fantasma do passado?

Eram dez horas quando Ramón ligou avisando que estava levando a moça, Aristide pediu que antes de trazê-la viesse sozinho:

— Como está, que aparência tem?

— *Bueno, un desastre. Creo que a ella no le va a gustar verlo a Ud. en el estado en que se encuentra* — disse Ramón, e Aristide pediu-lhe que a levasse a uma loja para comprar um vestido e o que fosse necessário, e depois a um cabeleireiro.

Aristide esperava no bar no aberto do hotel, viu chegar uma Marta mais velha, mais triste, mas notou que a antiga luz ainda piscava nos seus olhos, tomou suas mãos, guardou-as diante de si um momento, deu-lhe um beijo na testa, ficaram em silêncio, até os dois falarem ao mesmo tempo:

— Que bom estar com você! — e rirem aliviados.

Passaram a tarde conversando, Ramón os levou aos cantos mais interessantes da cidade e dos arredores, Aristide queria que Marta se sentisse convidada, livre, respeitada.

Pediu-lhe para ficar para o jantar, a fez subir ao seu quarto para tomar uma última taça de champanhe, fez-lhe entender — ela entendeu comovida — que não haveria mais do que isso, ele não seria um dos seus homens de hoje, só o amigo, gentil, autêntico, sincero, surgido do passado.

— Você não quer voltar? — perguntou mais uma vez ao lhe abrir a porta do táxi do Ramón. — Eu te ajudo, lá você tem sua amiga, pode trabalhar, refazer sua vida, ninguém tem que saber o que foram esses anos.

— Não, estou no fim. Deixe que ele venha como quiser, você me deu uma grande alegria, reencontrei um pouco de dignidade hoje. Não vou vender seu presente, não vou, só se devesse decidir voltar. Ou no fim, para os últimos dias.

Aristide entendeu.

Não lhe falou da filha, teve medo de fazê-la sofrer, o reencontro com ele já havia sido uma dura volta ao passado para quem devia seguir enfrentando *esse* presente.

Separaram-se como poderia ter sido anos antes.

Um lampejo de gratidão iluminou o rosto de Marta no momento do adeus.

Aristide não imaginava ser capaz de tanta ternura, descobriu que sim, ficou orgulhoso de si mesmo.

Se um dia Valentina lhe perguntasse sobre a mãe, poderia inventar mentiras conhecendo a verdade. Seriam mentiras sem medo da própria consciência.

Dia seguinte, a caminho do aeroporto, Ramón deu a seu *patrón* — não adiantava que Aristide protestasse, ao contrário de Kasimir era o *patrón* e ponto — a carta que Marta havia pedido para lhe entregar só na saída:

❦

Ari,

durante toda a viagem de regresso imaginei o que escreveria, mas agora, com a caneta na mão, não sei mais, talvez por ser muito simples o que tenho a dizer: obrigada.

Culpar a vida significa alguma coisa? Culpar do quê? Frente ao quê? A mim mesma, ao nada no qual me transformei? Pago por isso, já paguei o bastante e seguirei pagando.

Não imaginava, nunca pensei que alguém lembrasse de mim. Só você poderia fazer isso, que foi meu amor verdadeiro, talvez nem soubesse, sabe agora.

Veio me ver.

O amor faz dessas brincadeiras; bem-vinda esta brincadeira, não imagina o quanto você me fez bem, nem quanto isso vai me custar de agora em diante, porque renovou a lembrança *que havia afastado com muita pena para me adaptar a esta vida.*

Espero conseguir evitar pensar que poderia ter sido diferente, não me ajudaria, seria patético e trágico, não quero sofrer por dentro, já basta o que suporto por fora.

Obrigada por ter pensado em mim, ter me procurado, ter querido, sabido, fazer com que neste nosso encontro inesperado, mesmo por poucas horas, eu voltasse a saborear o prazer e a autoestima que dá ser tratada com respeito, carinho, amizade, perceber o valor que se adquire ao ser objeto de recordação, reviver momentos que construíram essa memória.

Obrigada, Aristide.

Não pense mais em mim.

Só lembre da Marta que o fez vir me ver, fazer-me sentir como acabo de escrever, não a Marta que me tornei.

Um beijo,

M.

Aristide nunca mais foi ao Panamá, evitou os voos que o obrigariam a parar lá, até que os aviões tiveram maior autonomia e já nem era necessário.

É uma terra de gangues e de bancos, por ela passaram os mestres e alunos das recentes noites políticas latino-americanas, Noriega, seus protetores, *et similia*, continua um lugar infecto, por muitas razões que hoje se tende covardemente a esquecer ou disfarçar.

Mas para ele é a lembrança de algo que o fez sentir-se um *hombre* e um *caballero*, como o definira Ramón.

◖◗

Adormeci tarde e agitado. A triste felicidade de Marta não me saía da cabeça.

Sim, feliz do momento, do encontro com Aristide, da realização do sonho talvez nunca feito, mas latente na sua mente, porém triste pelo amanhã que a ele se imporia.

Até as três da madrugada pensei: o que é a felicidade? A pergunta merece a resposta que santo Agostinho deu sobre o tempo: "Sei, mas se me perguntarem já não sei mais."

Nunca é o que deveria ser, completa, total. Hoje é tão relativa quanto o significado redutivo que lhe conferem advérbios, adjetivos e sinônimos que utilizamos no esforço inútil de adaptá-la aos limites que impõem o mundo atual e as teorias econômicas que regem nossos pobres pensamentos, sentimentos, sonhos, objetivos, esperanças, esforços, tentativas de, ao menos, ser ditoso, afortunado, contente, alegre, próspero, abençoado, bendito, alegre, satisfeito, termos sugeridos pelo dicionário, mas não equivalem a feliz.

Como também ventura, satisfação, alegria, bem-estar, sucesso, salvação, glória, possíveis significados da palavra felici-

dade, pecam por insuficiência em relação a ela, não correspondem à eudaimonia dos gregos, nem à felicitas *ou beatitude dos latinos.*

Foram feitas muitas tentativas para medir — se esse for o verbo adequado — a felicidade, nenhum deles capaz de convencer, mas vale lembrar o Butão, pequeno reinado isolado no Himalaia, budista, 47 mil quilômetros quadrados e 700 mil habitantes, no qual o vulgar conceito de Produto Interno Bruto, o PIB, tão pesadamente ligado à economia, foi substituído pelo de Felicidade Interna Bruta, um FIB inimaginável nas demais concretas latitudes deste nosso planeta. Nas classificações que tratam de calcular a impalpável felicidade dos estados, o Butão é o único país pobre que figura nos primeiros lugares.

Assim, filosofando, consegui esquecer Marta e adormeci.

XXXI

*H*OJE LEONARDO *não apareceu.*
Aristide voltou de viagem, foi visitar o neto nos Estados Unidos, estava furioso, antes de começar a contar soltou um palavrão.

❦

Na entrada dos portões de embarque do aeroporto de Dallas, como todo passageiro, pôs seus pertences, sobretudo, chapéu, pasta, chaves, celular, relógio, etc. na máquina de raio X, e passou debaixo do aparelho de controle pessoal.

Tocou o apito, voltou atrás, verificou se alguma moeda tinha permanecido nos bolsos, nada, voltou a passar, apito novamente, o policial lhe fez sinal para que tirasse os suspensórios por causa dos fechos metálicos, o que teve que fazer.

Voltou a passar segurando as calças, estava irritado, se distraiu, ao pegar seus suspensórios entre seus pertences soltou as calças, elas caíram, tropeçou nelas, precipitou de cuecas de pernas pro ar, provocando risadas nada discretas do público presente, inclusive do policial, que quis ajudá-lo, dando-lhe a mão, imaginem a dificuldade, deitado, manobrando para subir as calças, para levantar do chão sem tropeçar novamente nelas, amarrá-las como pôde com os suspensórios, pegar a tralha toda, a carteira saiu do bolso do paletó, que pegou ao contrário, as contorções equilibristas para recuperá-la, o ridículo, a raiva crescendo...

Foi ao banheiro para se recompor, estourou uma voz chamando os passageiros do seu voo e, com insistência, um tal de senhor *Eiristaid Baiantchiri*, que traduziu como Aristide Biancheri, último aviso, se arrumou como deu, correu...

...entrou no avião com vontade de matar...

...que piorou (?!) ao achar o assento cada vez mais estreito e curto, "dentro de pouco vão nos embarcar em pé como rezes"*,* como havia visto numa revista, "há inventores que deveriam ser capados", e ninguém protesta, foi ampliando a área do seu descontentamento, olhou seu vizinho, um cavalheiro já instalado de livro nas mãos, decidiu desabafar em cima dele seu mau humor, o outro tratou de não se deixar envolver, percebeu que seria impossível, fechou o livro na esperança de que se lhe desse atenção acabaria rapidamente, errado, teve que aguentar até o fim, quando Aristide se inflamava era pior do que nos seus arroubos de palanque depois do fim da guerra, durante o plebiscito em favor da República que mandou os Savoias descansarem em Cascais, o importante agora era descarregar a raiva, qualquer argumento servia, o título na capa do livro do vizinho, agora fechado, rezava *Democracia e capitalismo*, ótimo assunto:

— Meu caro senhor — dirigiu-se diretamente à sua vítima —, voltamos à ilusão de moralizar o capitalismo, ao "capitalismo democrático", absurdo semântico que, segundo seus arautos, teve seu ápice na *belle époque*, período definido pelos economistas clássicos como de expansão das democracias ocidentais e do livre comércio, uma linda época durante a qual mineiros permaneciam nos poços catorze horas por dia — o senhor certamente viu a fotografia de Lewis W. Hine, de 1910, devastadora, o cara não tinha visto, mas fez sim com a cabeça para acelerar o processo —, trabalhadoras deixavam os pulmões, e crianças as mãos, nos teares da indústria têxtil, inclusive aos domingos, *belle époque* que engendrou as repressões e as contradições que levaram à guerra mundial em 1914, às revoluções e revoltas dos anos 17 a 20, ao nascimento do fascismo em 22, à grande depressão de 29, à afirmação do nazismo em 33, à matança espanhola em 36, e em 39 aos 52 milhões de mortos da Segunda Guerra Mundial...

Estava empolgado, já importava um *cazzo* a Eiristaid que o outro estivesse ouvindo ou não, seu público era o mundo!

Os vizinhos teriam gostado de um pouco de sossego, mas frente à raivosa indignação de Eiristaid aguentaram, não duraria muito, esperavam.

— A anunciada afirmação do novo *capitalismo democrático* trará consequências equivalentes. Estamos tristemente nos destruindo como seres humanos pensantes; a violência gratuita, ideológica, cega, animal, nas ruas, nas guerras, no terrorismo, tornou-se argumento rentável para a mídia, especialmente a televisiva, sinistramente responsável pela banalização da morte e da nossa impotência frente a ela.

Respirou e seguiu. — Tudo está à venda sem vergonha, num mercado universal do vale tudo, é só questão de preço: tráfico de crianças e adultos para uso múltiplo, prostituição, trabalho escravo, tráfico de órgãos, exércitos mercenários, milícias pseudorrevolucionárias, ponham lá o que quiserem...

Pôs a mão sobre o antebraço do vizinho, este o retirou, o tribuno entendeu o recado, seguiu já em tom de velho amigo, os vizinhos suspiraram de alívio.

— E o esporte! Não é mais entendido qual superação épica dos próprios limites, conquista do excelsior, o esportista deixa de ser olímpico, atleta, para tornar-se banal herói de violentos quadrinhos japoneses e de contas correntes bancárias, guerreiro de peleja entre inimigos, basta ler os títulos da mídia esportiva: guerra, vingança, em lugar de competição, revanche...

O vizinho devia ser um torcedor, se interessou imaginando que Aristide fosse falar de futebol, errou:

— No plano individual, vale o que Tocqueville escreveu há dois séculos sobre os Estados Unidos (Aristide sabia de cor): "Cada pessoa mergulhada em si mesma comporta-se como se fosse estranha ao destino de todas as demais; seus filhos e seus amigos constituem para ela a totalidade da espécie humana; em suas transações com seus concidadãos pode se misturar a eles, sem no entanto vê-los, tocá-los, mas não os sente; existe apenas em si mesma e para si mesma. E, se nessas condições um certo sentido de família ainda permanece em sua mente, já não lhe resta sentido de sociedade."

Olhou o vizinho, constatou que estava ouvindo, seguiu em tom persuasivo:

— Políticos nanicos não conseguem entender o presente, encarar os fatos, imaginar o futuro, achar novas soluções aproveitando a experiência acumulada em tentativas e desastres. Walter Benjamin — Anjo da História, o define Bruno Arpaia em um de seus livros — alertou sobre a necessidade de enfrentar o porvir como meio de correção dos erros cometidos, para seguir construindo o futuro, num processo contínuo.

O casal do outro lado do corredor mostrou interesse, nosso herói percebeu, assumiu o tom de palestrante didático:

— A falsa realização liberal e comunista, utopias que por meios extremos e definitivos pretendem forçar a história, acabaram deixando uma herança negativa, que parece ter fechado o caminho para o futuro que prometiam. No monumento memorial que Dani Karavan projetou e foi erigido em Portbou, que Teixeira Coelho descreve com poético desespero, Benjamin é lembrado *com ausência e vazio*, componentes do mundo que antevia.

O avião decolou, o vizinho olhou pela janela para se distrair, mas foi imediatamente chamado à ordem por um Aristide estendido até seu ouvido, que não lhe deixou chances:

— O Deus errado está governando o mundo, disse alguém, o Deus certo, se existe, foi derrotado ou, cansado, abandonou até os que o inventaram e dele esperavam, já frágeis vítimas de superstições e caras de pau; perdem-se em fetichismos incoerentes ou fundamentalismos criminosos, assassinos das liberdades que a razão permitiu conquistar. O Anjo da História foi substituído pelo Anjo da Loucura.

Uma aeromoça passou com caramelos, Aristide pegou uns quantos distraidamente, mas não interrompeu a avalanche:

— Os excluídos fogem do inferno, morrem aos milhares na viagem, são necessários, mas incomodam quando não assustam. Os índios da verdadeira América querem sair do silêncio ao qual foram constritos e confinados pelos conquistadores e seus descendentes. Os surpresos que protestam nunca têm ouvido falar de cursos e recursos históricos? A opressão pôs gasolina na fogueira, alimentando as brasas debaixo das cinzas quentes do aparente silêncio dos inconformados dominados. E há mais brasa sob as cinzas quentes espalhadas pelo mundo inteiro, mais idiotas e fanáticos para reavivá-las, e mais armas à venda para alimentar suas sanhas, os cinco membros permanentes do Conselho de Segurança da ONU são os maiores fornecedores, lembram Nicolas Cage no filme *O senhor das armas*? Sem contar os governos que utilizam a porcaria dos exércitos privados, mercenários sem nenhum compromisso com os direitos humanos e a democracia, que contribuem para destruir onde atuam.

Calou-se.

O vizinho não confiou, deixou passar uns segundos, olhou Aristide, achou que daria.

— Pois é — ousou —, seguiremos convidados a admirar absurdos hotéis em Dubai construídos por escravos, aviões privados de um bilhão de dólares com piscina e sala de treino de golfe, condomínios medievais, iates mastodônticos e... megafavelas, campos de refugiados, fome, epidemias, violência, o planeta apodrecendo, guerras mercenárias cada vez mais estúpidas, triunfo do tráfico de tudo. Nunca houve tanta riqueza em tão poucas mãos. A miséria embrutece, como a procura insaciável da riqueza; esse contraste chega sempre à ruptura, a desigualdade não é só injusta, é explosiva.

Fez uma pausa, constatou que milagrosamente Aristide se calava e prosseguiu:

— Os que acreditaram honestamente nas utopias liberal e comunista, que tiveram seus sucessivos períodos áureos e aparentemente definitivossus são os que hoje advogam o possível, assimilar parte da ideologia oposta, conciliar o social com liberdade. O futuro dirá se é uma provável nova utopia.

Aristide sorriu surpreso, sua vítima era um aliado, o outro devolveu o sorriso.

Ao constatar, pela pausa desta vez acentuada, que a palestra e o comentário haviam, respectivamente, terminado e sido concluído, o vizinho, com um enorme suspiro, que Aristide não entendeu se de aprovação pelo que haviam dito ou decidida satisfação por terem enfim se calado, voltou a abrir seu livro.

Nosso herói se acomodou na cadeira — já não são poltronas, as da classe canina — e, feliz de haver correspondido a seu conhecido *estado de permanente militância*, adormeceu como um recém-nascido.

Lá fora, o universo seguia girando.

XXXII

O helicóptero do banqueiro enche o apartamento do seco e irritante ruído das vibrações dos vidros das grandes janelas do terraço, e anula o largo do Triple Concerto, opus 56, *em dó maior, de Beethoven, que acompanha meu fazer literário (gostei de escrever "fazer literário", senti-me um escritor de verdade).*

Acabou o barulho, mas já não continuo a escrever, pausa para um gole de Punt e Mes, é quase hora do almoço. Penso na surpresa de Aristide quando Leonardo, dia seguinte ao meu funeral, lhe remeter os cassetes e sua transcrição, como pedi. Como antecipei aos generosos leitores, estou gravando e transcrevendo tudo o que me conta e comento, para que o imprima e distribua às pessoas que nos conhecem e nos querem bem. Quem sabe até uma delas consiga um editor, se é que vale a pena publicá-lo.

Estava esquecendo de dizer que, quando sentir que me for difícil aguentar minha situação, me jogarei do último andar do meu prédio, sem chances de sobrevida: como já disse, é o décimo oitavo.

A razão é que não quero ser um peso para ninguém, e um homem de mais de oitenta anos, imobilizado numa cadeira de rodas, além de não suportar sobreviver feito legume, torna-se uma carga pesada, especialmente para as pessoas que ama e o amam.

Quero ser cremado e que minhas cinzas sejam jogadas na ponta do cabo Sant'Ampelio, na minha cidade, num dia de libeccio, *o vento que vem do leste, ruge entre os rochedos e faz o mar cantar no pedregulho da praia.*

Não quero obrigar os que lembrarem de mim a ir visitar um túmulo. Se sentirem saudades, que substituam a visita por um brinde. E, se todos me esquecerem, para que o túmulo?

Espero que não aconteça com minhas cinzas o que aconteceu com as de um amigo que pediu para serem jogadas no rio Amazonas e acabaram, ânfora e cinzas, na gula de um sacrílego e guloso crocodilo, provocando o lacrimejante desespero da viúva.

No meu caso seria um golfinho.

Quero que durante a espera no crematório sejam tocadas, alternadamente, em surdina: a "Internacional", em honra de todos os que morreram na resistência às diversas e multicoloridas ditaduras, variadas libertadoras, e demais palhaçadas similares; o primeiro movimento do quarteto de cordas de Verdi, em memória dos meus amigos que já não são e em honra dos que ainda vivem; "Carinhoso", para quem amei mais do que minha vida.

Será por ter me detido sobre tudo isso, e inspirado também pelo livro que estou lendo, O jardim das dúvidas, *de*

Fernando Savater, que, ao deitar, minha cabeça era agitada pela ideia de que Deus não pode combinar com a alegria de viver livre, pensar com liberdade, inventar cada dia uma vida própria, estar feliz com a própria essência humana, ir à procura do que somos, sobretudo de quem somos.

Por que se preocupar com o nada depois se do nada viemos, como eu disse hoje a um amigo poeta, que manifestava seu medo.

A fé é um fato pessoal, na sociedade moderna um direito, mas não devia aceitar a codificação da liberdade, a constrição em códigos, supostamente definidos em livros ditados por deuses a intermediários, que estabelecem regras que se opõem à evolução da humanidade, congelam hábitos, delimitam liberdades cívicas, se opõem à escolha de cada um de ser como biologicamente é, de se comportar de acordo com as leis laicas da democracia, que por elas é estruturada.

Democracia que não admite mistérios intocáveis, opressão de um sexo pelo outro, costumes arcaicos e violentos, freios à procura da verdade científica; democracia requer curiosidade sem limites, discussão sem tabus, pesquisa incansável em si e fora de si, imaginação fértil incontrolada, procura da felicidade hic et nunc *— sem o hedonismo pós-liberal que a sufoca pelo excesso de individualismo.*

Talvez seja por ter adormecido assim agitado que esta noite sonhei que os deuses iam embora.

Era um nada colorido de azul, rosa e amarelo, no qual percebi um ar de geral inquietação divina.

Alá, cansado, estava ligando — uso termos terráqueos para facilitar, claro que lá em cima, ou será embaixo, devem ter o sistema de comunicação deles —, dizia, para Jeová, que ficou surpreso, as surpresas existem também para os deuses.

— ...é que acho que temos que nos reunir, afinal temos problemas comuns, lá embaixo fazem besteiras loucas e se matam sem parar!

— Pois é — respondeu Jeová —, estava pensando a mesma coisa, mas os que se esmeram nesse esporte são os seus!

— Os seus, os meus... a tragédia é total, depende do lugar, da época. Você é o mais velho, devia liderar o movimento, devia falar com o Trino, comecemos a nos entender nós três para juntarmos forças, os monoteístas, como nos definem lá embaixo (ou será em cima?, repito). Afinal somos brimos, *não? Eu tomei a iniciativa, leve-a adiante — estava quase sem fôlego.*

Jeová riu.

— Você tem razão, vamos começar nós três, se é que não seremos cinco, depois chamamos os demais, que são milhares, os asiáticos, os africanos, os americanos, australianos... batalhões de deuses, cada um vai ter que designar um representante ou ninguém vai se entender.

Sem desligar, Jeová ligou para o Trino, atendeu o Espírito Santo, encarregado dos assuntos hipertranscendentes, que ouviu atentamente, meio desconfiado, e

— Vou conversar com o Pai e o Filho e volto a ligar — disse e se despediu sem mais.

Alá abanou a cabeça.

— Você ouviu? Imagina a resposta dos deuses hindus, são uma multidão, alguns casados, as mulheres dando palpites, Parvati a Shiva e as demais aos respectivos... Vai por mim, preparamos uma proposta e a comunicamos, que decidam entre eles e tragam as conclusões, vai ser mais fácil. Eu tenho pressa, imagina, essa história que inventaram, nos dias de hoje, de ter que arranjar uma virgem por dia a todos esses doidos suicidas, um trabalho danado, está ficando difícil, Playboy, BBB, novelas com atrizes peladas na TV, pornografia na internet, não ajudam.

— Entre nós — observou Jeová —, os meus, vou lhe contar, não bastaram os massacres, as persecuções, as fugas, os exílios, o holocausto, foram logo se enfiar lá onde todos se entendiam tão bem, de Bagdá a Tânger, sem falar do Líbano, lembra? Cristãos, drusos, árabes e judeus, todos ganhando dinheiro na Suíça do Oriente Médio.

Alá o interrompeu:

— Isso é história e política, você não conta os que se trucidam nos estádios, se arrebentam nas estradas, se matam nas periferias das cidades, se enfrentam por motivos que nada têm a ver com eles, e sim com os que os aproveitam e alimentam sua sanha criminosa, e seguem dizendo que acreditam em Deus!

Aí ligou o Pai, atendeu Alá:

— Quem vai falar com vocês é o Filho, estou de acordo, temos que fazer alguma coisa, lá embaixo havia um só que dizia que me representava, depois inventaram um monte de intermediários, santos, beatos, sei lá, passam o dia me enchendo de pedidos, desde desencravar unha do pé até ganhar na loteria, uma chateação danada.

— *Caro colega, entendo perfeitamente, eu nem consigo mais saber ao certo o que eles querem, além do que: um Deus precisa de intérpretes para ser entendido pelas suas próprias criaturas, feitas à sua imagem e semelhança?*

Chegou o Filho, tomaram um copo de néctar, brindaram, e retomaram a conversa:

— O fato é que não fizemos nada quando inventaram que lhes ditamos um Livro e disseram que era a nossa Palavra — começou Jeová.

— Um livro? Os meus inventaram cinco, e o meu "representante" inventa regras cada dois ou três séculos com aqueles concílios dele — disse irritado o Filho —, sem contar que ao menos os seus, Alá, não têm todos aqueles fetiches, imagens, estatuetas. Essa de proibi-las foi uma boa sacada.

— Eu não proibi nada — seguiu Alá —, foi Maomé, autodenominado meu escriba do Alcorão — bufou Alá —, que cada um interpreta como quer, junta um bando e se matam até entre eles, xiitas, sunitas, wahabitas e sei lá quantos mais.

— Essa é uma velha história, os meus então? Huguenotes e católicos, ortodoxos e modernos, quando não se arrebentam todos uns contra os outros a turno, judeus massacraram palestinos ao chegar do Egito, cristãos liquidaram árabes e judeus, árabes cristãos... sempre em nosso nome, aliás, como dizem, ad maiorem Dei gloriam, *pela nossa maior glória.*

— E quem mandou que todos eles fossem tão hostis à mulher! — acrescentou Alá.

— Bem, nisso andamos juntos, deve ser uma sina de todos esses aí. Não há um que não tenha inventado essa supremacia

do macho, coitados, só para serem cornos. Pior, os meus começaram transando em família para agora querer condicionar o sexo em suas múltiplas manifestações, faça-me o favor! — acrescentou o Pai.

O Filho tinha a sua a dizer e

— *Para nós inventaram o Um e Trino, que nem o são Tomás deles conseguiu explicar, acrescida com 5.200 santos com competência específica, uma corte de anjos que vai dos querubins aos arcanjos, sem contar os bilhões de anjos da guarda e os anjos caídos, mais a minha suposta Mãe em mil versões coloridas — e Deus tem mãe?* —, *intermediária entre eles e nós? E essa de decidir que o mundo foi criado ontem? Nós lhes demos um cérebro para descobrir a origem do mundo e só dizem besteiras! E chamam isso de Desenho Inteligente!*

— *Além dessa confusão toda* — interveio o Espírito Santo, até aqui caladinho —, *brigam pelos lugares que inventam e chamam de sagrados, a Pedra Negra, o Muro das Lamentações, a Árvore da Iluminação, mais as relíquias, essas então! E templos que constroem, destroem e reconstroem um em cima do outro. Para entrar num tem que tirar o chapéu, noutro tem que pô-lo, no terceiro tem que tirar os sapatos; nuns as mulheres têm que pôr um véu, noutro têm que parecer bagulhos embalados, noutro só assistem aos ritos de um balcão, em outro mais vão que parecem odaliscas assanhadas; num grupo é obrigatório ter barba, noutro deve-se raspar a cabeça, uns não podem casar, outros devem, outros casam quantas vezes quiserem, francamente!*

— E vocês gostam de ser rebaixados a motorista? — quase berrou o Filho. — É o que me fazem com aquela faixa colada no vidro traseiro: "Este carro é guiado por Jesus." E se bater? Vou pagar multa? E se matar alguém? Realmente!

— Tudo bem, mas o que vamos fazer? — perguntou Jeová, já estava farto de papo. — Largamos tudo e vamos embora?

— Nós nos mandamos para outra galáxia, ora! — quase berrou Alá —, duas ou três mil mais para lá, e os largamos aos seus problemas, que se virem em nome e pela maior glória deles mesmos. Não vamos aturar mais sermos culpados pelas besteiras deles! Sobretudo, não vamos voltar a deixar fazer, lá onde formos, as que fizeram e fazem aqui — rebateu Jeová.

— Certo, basta de sermos bonecos de circo, prefiro os ateus que nos ignoram, ao menos não nos manipulam, não nos transformam em amuletos — concluiu o Pai, e aí a conversa se agitou, os cinco se atropelavam:

— Sem contar o pouco respeito de certos sacerdotes, pastores, rabinos, apóstolos, mulás e companhia pela inteligência de seus fiéis.

— E esse assunto de que o feto tem alma? Eles a negaram aos índios durante séculos e agora a atribuem aos fetos para impedir pesquisas salvadoras.

— E essa de inferno e paraíso? E o limbo que inventaram e agora liquidaram?

— Olha, o paraíso, é bom que pensem que existe, quem sabe alguns se tornam melhores. Quanto ao inferno, já estão nele.

Enfim, foi um congresso difícil de organizar, uma coisa são os deuses únicos — o Trino também é, apesar de ser difícil *de entender —, outra coisa são os múltiplos, os milhares de deuses que estavam também cansados, uns de castas e vacas sagradas, outros de massacres atuais e imanentes, todos eles com seus problemas cada vez mais graves.*

Também Brahma, pelos hindus, Pachamama, representante dos andinos, Rah, que foi delegado pelos africanos, estiveram de acordo, e os demais seguiram o movimento, Manitou pelos sioux e demais índios do norte, Tlaloc pelos maias e outros.

O sucesso foi devido a Buda, que, apesar de não ser propriamente um Deus, foi convidado e encarregado de pôr ordem nisso tudo — paciência é com ele —, e conseguiu organizar aquela confusão, pôr paz nas discussões, sobretudo quando o Filho disse que havia ao menos inspirado um monte de artistas, enquanto Alá, ao proibir as imagens, cerceara a arte, e o mesmo diga-se de Jeová.

— Ah, é? E o Alhambra? — berrava Alá.

— E todos os artistas judeus? — replicava Jeová.

E um Deus africano:

— E quem inspirou os cubistas, se não a nossa arte? E o jazz?

E um hindu:

— E nossos templos, e a arte do amor, o Kamasutra?

— Pois é, mas vocês repararam ao que atualmente reduziram a arte? — disse alguém, e um murmúrio confirmou o pessimismo geral quanto ao argumento, o assunto foi descartado sem mais, o problema era outro, todos tinham algo a reivindicar, mas Buda conseguiu fazer prevalecer a ideia básica e chegou-se finalmente à decisão: ir embora.

— *Como disse aquele poeta romano* — *concluiu Jeová* —, *fomos criados pelo medo do primeiro ser pensante. Agora estamos no sonho desse aí que nos juntou, existimos tão somente na imaginação, vamos indo antes que acorde e nos dissolva, a próxima galáxia está longe!*

Ninguém reparou no absurdo da frase, mas os deuses podem se permitir isso, têm a lógica deles.

— *Não se preocupe* — *disse irônico o Filho* —, *com a necessidade que os aflige de terem ilusões, algum Hernandes safado vai logo inventar uma Igreja dos Deuses Cansados.*

Alá deu uma gargalhada e se juntou a Jeová e ao Pai, que se entreolharam sorrindo, os três foram saindo devagar do meio da enorme divina aglomeração que conversava animadamente, e ia formando uma longa caravana de figuras coloridas de todos os tamanhos e formas — Ganesh tem cabeça de elefante, outros de pássaros, de serpente, de cão, Shiva multibraços está mais para alegoria carnavalesca do que para um deus, nem se fale de outras figuras divinas tipo o deus macaco —, já se esquecendo do que deixavam para trás.

Nesse momento me vi aparecer no meu sonho me lembrando do anterior, pensando este é a conclusão daquele, O, Ele, deve estar satisfeito de ver todos esses deuses irem embora. Quem sabe vai ter uma chance de pôr ordem na confusão que provocaram. Ou, quem sabe, também desapareceu aproveitando o movimento, também cansado desta melancia ridícula.

Lembrei do que me havia contado Aristide do seu desabafo no avião de Dallas a respeito do Deus errado. Ou... deixa para lá, pensei, enquanto via que Buda, o gordo último da fila, virava-se para olhar atrás de si uma última vez com uma expressão triste, mas logo seguiu os demais, resmungando algo incompreensível, e desapareceu também, sugado pelo derradeiro fiapo de neblina que ia se dissolvendo, resmunguei ufa, graças a Deus acabou, sem perceber que já não haveria nenhum ao qual agradecer.

Acordei atordoado, também tive a reação de exclamar "Graças a Deus que acabou!", realizando pela segunda vez que já et coetera et coetera.

A realidade me agrediu e me vi como sou, minhas limitações me incomodaram mais do que de costume.
Irritado, não consegui superar meu desconforto, pensei que seria bom ir embora também.
Não poderia seguir os deuses, mas aquela ilha do Pacífico... como chama, Tuvalu, poderia servir. A capital é Funafuti, mas também há outra, Vaiaku. Os habitantes são simpáticos, não mais de 15 mil vivem sobre 28 quilômetros quadrados em pouco mais de meia dúzia de ilhotas e atóis. Talvez dê para viver mais alegre. Não seria o primeiro, o poeta Robert Louis Stevenson foi lá tempos atrás. Só que essas ilhas estão desaparecendo cobertas pelo mar.
Talvez o Butão?
Mudei de posição, tratei de voltar a dormir, não houve jeito, agitado demais, precisava me aprumar moralmente.
Era tarde, paciência, acordei Maria; chegou preocupada, mas logo resmungou quando lhe pedi que me ajudasse a pôr

um roupão, passar para a cadeira de rodas, e me pusesse frente à grande janela do terraço.

Fiquei olhando a noite, devo ter cochilado, me vi rapaz, sentado nos rochedos do meu cabo num fim de tarde, o céu atormentado pelo aproximar de um temporal, os ventos arrastavam as nuvens para apagar o sol, as árvores já tremiam inquietas dos primeiros sopros do vento que sempre se lhe adianta.

Um relâmpago amarelo iluminou as primeiras gotas de chuva, virou trovão e foi morrer lá longe.

Fiquei um bom tempo ouvindo o vendaval que não existia, olhando meu mar imaginário...

...acordei decepcionado pela realidade, o que não melhorou meu mau humor.

Decidi.

Irei embora a meu modo.

O dia será hoje.

XXXIII

Estou lendo a transcrição das gravações que me trouxe Leonardo quando Aristide volta do crematório. Romeo pegou todos de surpresa, foi um choque.

※

Aristide estava preparado, mas outra coisa é viver o momento, o drama, o sangue, o desastre de um corpo desarticulado pela queda, participar do ritual, bombeiros, polícia, ambulâncias, todos os momentos do fim.

Maria se culpa, diz que não chegou a tempo, está desesperada. Aristide e Leonardo a mantiveram perto deles durante a espera, segurando suas mãos. Não chorou, o que é pior.

Leonardo, ao contrário, chorou sem se preocupar com as lágrimas que molhavam seu terno escuro.

Não houve velório, o corpo destroçado de Romeo não devia ser lindo de ver depois da queda de dezoito andares. Foi levado diretamente ao crematório.

Havia gente: amigos, conhecidos, vizinhos do prédio, de paletó e gravata e em mangas de camisa, "futuramente virão de cuecas", resmungou Maria, para a qual "funerais são cerimônias sérias", diz.

A administração do crematório sugeriu um padre, foi gentilmente recusado apesar da insistência. Propôs um pastor, idem; o encarregado perguntou de que religião era o falecido, à resposta "ateu" fugiu assustado.

Foram respeitadas suas vontades: somente cravos vermelhos e as músicas que pediu.

Para a *Internacional* foi difícil, já ninguém lembra o que é. Somente alguns quando, raramente, a ouvem. Por sorte Aristide tinha um velho cassete, *Canti dei lavoratori*, e salvou a situação; interessante a cara de alguns dos presentes ao ouvi-la, alguns cochicharam mal-humorados, mas ninguém foi embora.

É que para muitos é o hino da subversão, inspira ódio, é o canto do demônio, dos bolcheviques comedores de crianças cruas, dos gulags.

Esquecem, ou não querem saber, que durante muito tempo, bem antes da Revolução de Outubro, para milhões de explorados nos campos, nas minas, nos teares, nos altos fornos do mundo inteiro, foi o hino da esperança; hoje é só um símbolo, como a *Maselhesa* veio a ser: no dia da libertação de Paris, durante a Segunda Guerra, e no do fim da ditadura na Argentina, na praça do Congresso, em Buenos Aires, o povo cantou a *Marselhesa*. Mais longe, em 1917, em São Petersburgo, o batalhão das tropas rebeladas também. Os supérstites das brigadas internacionais, liberais idealistas, comunistas, anarquistas, socialistas, republicanos autênticos, intelectuais, artistas e poetas libertários, ao deixarem a Espanha, desfilaram em Madri cantando a *Internacional* como adeus.

Cantá-la acordou para a consciência de ter um papel na história da humanidade milhões de pessoas que nem sabiam que faziam parte dela.

Romântico? E daí! Há hinos nacionais bem mais criticáveis. O italiano fala da *"vittoria schiava di Roma"*, pois pois...; termina com a pergunta *"siam pronti alla morte?"* e se autorresponde *"SI!"*, que todos berram fazendo discretos esconjuros táteis. O nosso menciona o "brado retumbante de um povo heróico", que "às margens do Ipiranga" não estava nem bradou; uma minissérie da Globo mostrou Sua Alteza saindo de uma matinho abotoando as calças.

A *Marselhesa* e a *Internacional* são mais coerentes.

Em várias latitudes, as teorias econômicas impostas em épocas recentes causaram tragédias, crises em regiões inteiras, empurraram povos à autodestruição. Abriram fronteiras para que o dinheiro circulasse livremente, exigiram a eliminação dos limites ao mercado, à circulação dos bens, enquanto se elevam muros para impedir os povos de se movimentarem. Internacionalizou-se o direito do dinheiro, virtual ou não, de buscar seus interesses *über alles*, impassíveis executivos dirigem o mercado, gerem e dominam o mundo, prostituem a política, degradam a democracia, tudo para eles é mercadoria, inclusive saúde e educação, nos afogam no lixo... mais uma vez *et coetera*.

Deveria haver uma *Internacional* deles também.

Não há; eles não *cantam*. Estão muito ocupados em *contar*.

A grana.

Uma vez mais vai dar no que já deu. Só mudará o prazo.

Há trabalhadores escravos em fazendas brasileiras e no subsolo de fábricas clandestinas, nas tinturarias chinesas de Nova York e alhures. Do norte da Escócia ao sul da Inglaterra se exploram chineses, poloneses e outros imigrantes clandestinos nas fábricas, nos supermercados e nas colheitas; o governo italiano admite haver trabalhadores em condições de semiescravidão na Calábria e na Sicília; na França e na Espanha, há trabalhadores amontoados por duas dúzias em quartos para dois. Em nosso país, as cadeias são uma vergonha, matam-se trabalhadores rurais e representantes sindicais, morrem em hospitais bebês pobres às dezenas por falta de remédios, crianças índias morrem de fome e jovens índios se suicidam por desespero no estado que é o maior produtor de alimentos do Brasil, isso sem se falar de outros no mundo, onde a estrutura social e econômica do moderno agronegócio manda e desmanda. Tragédias que a mídia registra.

E só querer ler, ver e ouvir além das cotações da bolsa, da previsão do tempo, e dos resultados esportivos.

Como não lembrar:

Debout les damnés de la terre!
Debout les forcés du travail![5]

---
5. "De pé, danados da terra!/ De pé, forçados do trabalho!"

XXXIV

Parece ser costume de todos os amigos de Aristide ao se despedirem. Romeo também lhe deixou uma carta, que Maria encontrou na gaveta do criado-mudo e pediu a Leonardo para entregar.

Aristide ficou comovido, uma vez mais Romeo conseguia surpreendê-lo, sorriu a seu pesar, o rapaz também esboçou um sorriso que deve ter lhe custado um esforço enorme.

Bem ao seu estilo, Romeo mistura afeto, cultura, lucidez, política e humor, daquele que surge inesperado no último toque.

Meu caro amigo, camarada,

Posso dizer que vou embora contente, minha vida começou bem, a vivi bem, a terminei como quis.

Vivi apaixonado pelo meu cantinho de terra, antigo de pré-história, sol e mar, mais tarde pelo meu trabalho, pelos amigos, pelas pessoas especiais, como você, que encontrei no meu caminho, pela mulher que amei.

Lembra os versos de Amado Nervo?

*Amé, fui amado, el sol acarició mi faz
¡Vida, nada me debes! ¡Vida, estamos en paz!*

Confesso que o que mais fiz foi buscar viver apaixonado.

Quem se apaixona vê o mundo diferente, colorido, transbordante de alegria. Mas também seres humanos estragando, corrompendo tudo, violentos, gananciosos, interesseiros, hipócritas, mesquinhos, babacas, filhos de corno, mentirosos, narcisistas, egocêntricos, materialistas, num mundo que se deixou alegremente envenenar, onde raramente se sabe amar de verdade, cuja cultura leva a se focar só em si mesmo, no seu ridículo ego, na sua patética preocupação temquista, como dizia o Toto, que leva a não se enxergar, à incapacidade autocrítica, a não se encontrar consigo mesmo e, por consequência, com os outros e com a natureza.

Hesíodo falava de uma raça de ferro e foi um sábio.

Naquela época todos eram, basta ver o teatro grego, um pouco mais tardio, mas que ainda preservava a sabedoria dos poetas.

Hesíodo falava duma raça de ouro, uma raça de seres felizes, impecáveis, éticos e eróticos, porque ser humano que não é erótico não merece viver.

O ser ideal era aquele que sabia a justa medida, que sabia equilibrar Apolo e Dionísio, yin e yang.

O arqueiro zen é esse ser.

Eu não precisei de ajuda nesse sentido, mas entendo o que o mestre arqueiro zen diz; conheci gente que procura o que está além deles, o êxtase.

Eu me conformo com o fato de que, quando ouço boa música, até esqueço de respirar; quando leio um bom livro, paro às vezes emocionado, fico olhando o vazio com as últimas palavras na cabeça e releio a página que me causou essa emoção; certas pinturas e esculturas me fascinam; certas peças de teatro, filmes me enlevam.

Quando vi — muitas vezes — o sol nascer ou se pôr em Machu Picchu, fui invadido por uma sensação de imensa felicidade; quando a mulher que amo me dá a mão andando na rua, também; o mesmo quando um amigo me diz que está ao meu lado em qualquer situação, e quando tenho a impressão de que algo de bom pode surgir na cabeça dos seres humanos, mesmo de uma fração mínima deles.

Não sinto necessidade de buscar algo no além porque, apesar de tudo, acredito no ser humano, é nele que surgem a amizade e o amor, importantes, vitais para mim.

E, essenciais, as ideias.

Sempre fugi do "estado insular, recusei ser vítima de dicotomias doutrinárias que empurram para a legião dos derrotados".

Há que se escolher o universal, a visão dos valores permanentes, além dos regimes, dos sistemas, dos momentos históricos definidos que, por sê-los, são necessariamente transitórios.

Creio que já achei muito do que eu procurei dentro do que é o meu universo, com os meios da minha cultura que, justamente, vem dos gregos, dos que os antecederam e nos fizeram o que somos, dos que lhes seguiram e trouxeram até nós a razão.

Acho que entendi a metáfora dos meus sonhos: voltemos a lutar pelo triunfo da razão, o ser humano tem os meios para fazê-lo, não precisa de deuses.

Obrigado pela companhia destes últimos anos, foi essencial para preparar minha última viagem, tanto quanto a lei da gravidade.

Um abraço,

Romeo

Aristide lembrou ter lido há anos:

Cuando un amigo se va
un poco de uno le sigue
mas mucho permanece de él
en lo que queda de uno.

XXXV

Aristide foi-se também, poucos meses depois. Viveu feliz com a dama dele até o fim, apesar de, dizia sorrindo, ele ficar cada vez mais feio e mais velho, e ela mais linda e mais jovem. No funeral ela esteve ao meu lado o tempo todo, me disse que me sentia parte dele, agradeci comovido, sei quanto meu amigo a amava.

❦

É duro perder dois amigos em tão pouco tempo.

A rua da nossa infância, a esperança de um mundo melhor que queríamos ajudar a construir, a luta pela liberdade, as desilusões da paz, a saudade do que a vida nos fazia continuamente deixar para trás e compensávamos com encontros memoráveis, as satisfações que o trabalho nos deu, a capacidade que tivemos de preservar e integrar tudo o que nos dizia respeito, nos uniu até o fim. Os que nos acompanharam no caminho da vida nunca nos separaram; se juntavam a nós para percorrê-lo. Um milagre? Não, a força que encontravam no ímã poderoso da nossa amizade.

Leonardo me enviou dias depois o texto das gravações, com os comentários imediatos de Romeo e os posteriores de Aristide. Na carta que o acompanha, me diz que agora sou a única pessoa que *saberia o que fazer*.

Imaginei meus amigos nessa longa série de papos de fim de tarde, lamentei não ter participado deles. Poderei inserir-me no diálogo deles agora que me foi aberto, nele escrever minhas lembranças, reviver as nossas lendo-as juntas.

Me vi saborear o Chardonnay ou o Alvarinho que Maria servia, os jantares improvisados sempre deliciosos, me percebi entrefechar os olhos à luminosidade da tarde dos dias ensolarados, recriei Pinko e as formigas, a figueira majestosa e réptil, o odor úmido e sombrio dos dias de chuva, o olhar saudoso de Romeo e o atento de Leonardo às palavras de Aristide, mil impressões de momentos aos quais havia faltado e agora poderia me integrar.

Decidi que irei logo jogar as cinzas dos dois ao vento do nosso mar, ao largo do cabo Sant'Ampelio; convidei o rapaz, agradeceu comovido. Partiremos na próxima semana, meus dois amigos merecem.

Leonardo veio ontem em casa, percebi que queria colo, nada melhor do que lhe contar de nós três, da amizade que nos ligava.

— A amizade é uma relação quase incompreensível para os que dela tem o conceito mutante das crianças, que saem à rua, juntam três moleques recém-conhecidos da mesma idade, e voltam para casa berrando "Mamãe, olha meus amigos!" — comecei —, ou os que adjetivam e adverbiam a palavra amizade e demais conceitos definitivos, liberdade, honestidade, confiança, integridade, coerência; pensam com isso sublimar seu valor que, muito pelo contrário, os adjetivos e os advérbios reduzem.

Vi o rapaz atento, segui:

— Montaigne escreveu que na amizade as almas se misturam e se confundem num elo tão integral que não se vê mais a costura que as une. Meu jovem amigo Charles diz, com humor, que, quando convidado, o *bom* amigo, *velho* amigo, *melhor* amigo, traz uma garrafa do vinho do qual *ele* gosta, enquanto o amigo *tout court* traz a do que *você* gosta, chega cedo, ajuda a cozinhar, e fica por último para ajudar a pôr ordem. O primeiro odeia quando você liga depois que se deitou, o segundo levanta e vai a sua casa para ver o que o atormenta. O primeiro procura você para conversar sobre os problemas *dele*, o segundo para ajudá-lo a resolver os *seus*. Um vem à sua casa como visita; o outro chega, abre a geladeira, se serve sozinho e resmunga porque não acha a cerveja da marca que prefere, que você conhece mas esqueceu de comprar. O primeiro pensa que a amizade acabou depois de uma discussão firme; o segundo sabe que não há amizade enquanto ela não se solidifique com uma boa briga. Um espera que você esteja sempre *lá para ele*, o outro está sempre *ali para você*. O primeiro se chateia se você está atrasado, o segundo se preocupa e espera até saber a causa do seu atraso. O primeiro pensa que você é *como* ele, o segundo acha você *melhor* do que ele.

Leonardo sorria, segui, contente de vê-lo mais sereno.

— Seu avô me contou uma vez que uma noite havia sonhado que um amigo dele, Samuel, morrera. "Ainda bem" — me disse — "que na nossa terra é crença que, quando se sonha com a morte de alguém, se lhe prolonga a vida." Estava no cemitério junto a um monte de gente: colegas advogados e juristas, gente de teatro — Samuel amava o teatro e, dito sem maldade, as atrizes —, da música — era um apaixonado, começou a estudar piano aos quarenta anos —, família — são uma batelada de irmãos —, jornalistas — ocupou as páginas de jornais e revistas em diversas ocasiões —, políticos — foi defensor, com seu sócio, de presos políticos e vítimas da repressão nos anos de chumbo —, e papagaios de pirata de velórios de pessoas famosas. Houve discursos, tantos quantos os representantes das tribos mencionadas, só entre vírgulas, ninguém sabia pôr um ponto final. Teu avô encheu o saco, levantou a mão, disse que iria falar também, se fez silêncio:

"Falaram pais, irmãos, primos, filhos, parentes, colegas; todos intérpretes de vontades póstumas, adivinhadores de intenções já impossíveis de se identificar porque Samuel as levou consigo, enaltecedores de qualidades provavelmente ignoradas quando era vivo, tudo isso para exaltar uma relação casual, acidental, biológica, burocrática, independente da vontade. Eu conheci bem Samuel, acho que está até às tampas de ouvir tudo isso. Eu perdi um amigo, algo muito mais valioso e raro. Nós nos encontramos por acaso, mas fomos nos conhecendo guiados pela vontade de estabelecer uma relação sólida, construída sobre a coincidência e a discussão de ideias, intenções, conceitos, gostos. Parem de palavrório. Adeus, Samuel."

— Largou o velório ignorando os olhares irados e os murmúrios descontentes.

Leonardo seguia escutando quase mais com os olhos do que com o ouvido, continuei:

— A caminho do portão de saída, não percebeu que Samuel andava ao lado dele, mudo, meio inconsistente — o que se supõe ser normal em personalidades inquietas que acabam de morrer.

"Entrou no primeiro boteco que encontrou ali perto, ocupou uma mesa, pediu cachaça e dois copos. Sorriu ao patrão, que o servia desconfiado e ficou observando enquanto enchia os dois copos, mas entendeu tudo quando ouviu Romeo exclamar: 'Saúde, velho rábula!', esvaziando o primeiro, e responder-se: 'Saúde, velho carcamano!', liquidando o segundo.

"E aí seu avô viu Samuel sentado na sua frente, um Buda cordial que o olhava e ria, *re*, *re*, *re*, *re*, com aquelas sacudidelas de ombros e barriga que o distinguem, e alegram até funeral."

Fingi não ver duas lágrimas despontar nos olhos do rapaz enquanto me sorria.

XXXVI

Ao pôr fim a esta história, me ocorre que os eventuais leitores queiram saber mais das personagens que nela aparecem.

De Romeo, Aristide, Giovanni-Athos já sabem.

Valentina vive na Riviera italiana, tão admirada que foi eleita prefeita da cidade. Os filhos Antonio e Fernando se tornaram, respectivamente, pintor e cientista, Lúcio dirige as empresas do avô. Quando Aristide morreu, Valentina foi visitar seus pais adotivos, devia-lhes esse gesto, lhes deu enorme alegria, e ela sentiu-se mais livre e mais leve.

Frei Atanásio faleceu há muitos anos, mas continua vivendo na estátua em tamanho natural que enfeita uma praça em frente ao mar na cidade de nós todos; homenagem merecida que a prefeita fez erguer a pedido do pai, de Romeo e meu. Os sobreviventes da *sua garotada*, Tina incluída, foram lá no dia da inauguração. Por sorte ninguém atribuiu ao antigo pároco poderes milagrosos, de modo que não é incomodado com pedidos de graças e, do alto do seu pedestal, com olhar sereno, domina o mar e sorri tranquilo aos rochedos e a seu canto nos dias de *libeccio*.

Maria mora com uma filha; se tornou resmungona, mas suas qualidades permanecem.

Leonardo é médico, dedica a várias comunidades muito do seu tempo. Conseguiu viajar à Armênia, isso deu paz ao seu coração e à sua mente. Passou por aqui há um mês; Romeo, seu avô, pai, mestre, mentor e amigo, pode estar feliz e orgulhoso pelo que se tornou seu garoto.

Tina e Nadia seguem em Buenos Aires, uma pinta, a outra escreve. O menino é um homem feito, uma exceção: é culto e grande jogador de futebol.

Alberto faleceu num acidente de carro. Os sinais indicavam que a estrada estava interrompida porque a chuva havia aberto mais adiante uma cratera enorme, caiu nela *seguramente seguro* de que estava andando sem problemas.

De dona Tatá e seu mundo ninguém soube mais nada depois do que contou Aristide, que nunca mais foi por lá. Gaston tampouco deixou rastos. Pelas informações confusas que Soledad recebia de gente sempre disposta a informar sobre assuntos incômodos, o já nem tanto rapaz voltou à sua vida anterior, mas o balanço entre a jogatina e o charme capaz de encontrar grana ficou abalado, e num momento de desespero — ou de recuperação do sentido da realidade — meteu um tiro na boca.

Soledad e Salvador vivem em San Miguel de Allende, lugar tranquilo de artistas e milionários perto da Cidade do

México. Ela voltou a pintar, ele joga golfe quando a artrite lhe permite, e escreveu um livro de memórias, só para os amigos, é claro. Fui vê-los aproveitando a visita que fiz ao velho escultor escocês Douglas Bisset, Prix de Rome nos anos 30, autor do meu busto, há alguns anos, quando passou por aqui, hóspede do cônsul-geral da Grã-Bretanha Ronald Harrison. Escultura que meus amigos observam com curiosidade: na face direita Douglas marcou minhas rugas dos 56 anos da época, na esquerda não teve tempo e pareço 40; mais uma confirmação da minha esquizofrenia para a posteridade.

Toto, herdeiro espiritual de Giovanni-Athos, conseguiu

o que o amigo não havia,
e ganhou na loteria

e anda mundo afora gastando alegremente, como lhe foi recomendado, mas não perde contato com o restante da garotada.

Artemio sobrevive às suas besteiras em Buenos Aires, cheio de dinheiro também. Até o falecimento de Kasimir, ia de vez em quando a Varsóvia visitá-lo e tomar porres memoráveis. O último foi de tristeza, sozinho, depois do enterro do amigo.

Ramón mantém contato com seu *patrón*, apesar de este não ter ido mais ao Panamá desde aquela famosa viagem. Sentiu o dever de informá-lo de vez em quando sobre Marta, entendera perfeitamente o significado da *missão*, até anunciar-lhe que *sua amiga* havia falecido.

Os deuses — personagens involuntários destas histórias —, imagino que começaram a se cansar no dia 6 de agosto de 1945: Hiroshima e Nagasaki, as bombas, lembram? Há milhares espalhadas por aí; se não pararmos os loucos que as têm, os que anseiam por elas, e os que criam as situações de risco que os favorecem, as próximas serão milhões de vezes mais poderosas e destruidoras.

Ao concluir minha história, fui interrompido por uma visita de Leonardo. Costuma vir me ver uma vez por semana, aos sábados, hoje é terça-feira. Me explicou que a viúva de Aristide lhe pediu ontem que a ajude na organização dos papéis do marido, não está em condições emocionais para fazer isso. Entre eles, o rapaz achou um caderno cujas últimas anotações considero um bom final.

Uma última digressão neste labiríntico e irreverente conto.

"Naomi Klein em seu livro *A doutrina do choque*, já anunciava a chegada de um capitalismo do desastre neste mundo dominado pelos donos do dinheiro, que sempre caem em pé como os gatos apesar das crises que criam e alimentam; por safados inventores de valores etéreos; por executivos de multinacionais egocêntricos e alienados. Com o corolário de líderes visionários e generais irresponsáveis, todos com a idiota convicção de que o mundo está desde sempre a seu serviço, ignorando as consequências de seus atos, por mais absurdos que sejam.

Regem o destino de bilhões de seres humanos, como eles, indiferentes ao problema da fome mundial, das guerras declaradas e não, dos genocídios em ato, do terrorismo, da corrida armamentista, da destruição ambiental, do aquecimento global, da progressiva falta de água, e quantos mais, neste salão sobre o abismo que vai engolir todos nós.

Enquanto nosso país é dominado por bandidos em guetos extraterritoriais invulneráveis, oligarquias múltiplas indestrutíveis, corporações enraizadas, partidos de ideologia inconsistentes, programas evanescentes e militância elástica; um Congresso com bancadas transversais de todo tipo; polícias concorrentes, corruptas e criminosas; um sistema judiciário arcaico, lento, burocratizado, produto de um passado que se eterniza e segue dando aos ricos e poderosos a possibilidade de entorpecer a verdade, seja lá o que isso acabe por ser, garantindo-lhes a impunidade; com um Estado administrado por governos subordinados ao sistema institucional híbrido inventado para produzir e acobertar corruptos, e preservar a tradicional habilidade conciliadora dos poderosos.

Nesse contexto é impossível fazer política, só politicagem, trocas, imediatismos táticos, maquiavelismo barato, compromissos temporários, programas de governo de curto prazo, enquanto as escolas, carentes e violentas, se esvaziam, e nossas vergonhosas e superlotadas cadeias vão se enchendo de jovens desnorteados, sem futuro.

Quem sabe, a crise — do grego *krísis*, discernir, escolher, distinguir, e até purificar — e as tragédias climáticas acordem as mentes para que este nosso país se torne uma nação capaz de se dar um autêntico Estado republicano e um novo pacto social, que façam seus habitantes sentirem-se cidadãos conscientes de seus direitos e deveres."

No livro *Um filho diverso*, da americana Portia Iversen, Tito, um menino autista de cinco anos, poeta, diz:

O meu é um mundo de improbabilidades
que corre para a incerteza.

Na sua corrida orgulhosa e inconsciente, não é fácil manter viva a confiança no porvir.

Mas o ser humano tem o direito de sonhar com outro mundo, e o dever de lutar para alcançá-lo.

Os satisfeitos com o atual e com seu rumo, quero mais é que se danem.

São Paulo, maio de 2008

Breve glossário comparativo

Português/francês/italiano/dialeto lígure (pronúncia brasileira)

Português	Francês	Italiano	Lígure
A			
acelerar	se dépecher	far presto	destchiulase
acima	en haut	di sopra	damunte
acordar	reveiller	svegliare	adexiá
andar de baixo	etage au dessous	piano di sotto	u cusutàn
andar de cima	etage au dessus	piano di sopra	u cusurvàn
apagar	étendre	spegnere	smurtchiá
apressar-se	se presser	premurarsi	aspesegasse
aquilo	cela	quello	lolà
arbusto	arbuste	arbusto	custu
assobiar	siffler	fischiare	xivurá xibrá
avelã	noisette	nocciola	linsöra
B			
babaca	betâ	sciocco	belinún
buceta	con	fica	mussa
C			
cair	tomber	cadere	arrübatasse
calças	pantalons	pataloni	brague
cambalhota	roulé bouler	capriola	scumbatiela
cesta	panier	cesta	corba
chateação	ennui	noia	meneira
claudicar	boiter	zoppicare	ranghedjià
confundir-se	se confondre	confondersi	invejendase

Português	Francês	Italiano	Lígure
cortar o cabelo	couper les cheveux	tagliare i capelli	arunsà i cavelh
criado-mudo	table de nuit	comodino	guirindún
D			
desajeitado	maladroit	disattento	desgaribau
descer	descendre	scendere	carà
desejo	désir	desiderio	cuvea
desperdiçar	gaspiller	sprecare	asgairà
devagar	lentement	lentamente	tchian tchianin
doente	malade	ammalato	maroutu
E			
embaçado	emboué	appannato	sterburu
embrulhar	emballer	impacchettare	imbrücà
encostar	appuyer	appoggiare	arrenbà
enterrar	enterrer	sotterrare	assübacà
escorregar	glisser	scivolare	sgurà
espaguete	spaguetti	spaguetti	fidei
F			
faltou pouco	il a fallu de peu	poco è mancato	manaman
foder, trepar	baiser	scopare	betchià
fritos	frits	fritti	frexöi
G			
gritar	urler	urlare	sbragià
H			
hesitar	hésiter	esitare	sgarzà
I			
impulso	impulsion	impulso	asván
isto	ceci	questo	loquí
J			
jogar fora	jeter	buttar via	xouricà
L			
lagartixa	lézard	lucertola	angö
lenço	mouchoir	fazzoletto	mandriu
lesma	escargot	lumaca s/ guscio	badjiaira
levantar	lever	alzare	aissà
lixo	ordure	spazzatura	rümenta
M			
mal-ajambrado	patan	straccione	lambrandan
marceneiro	menuisier	falegname	bancarà

Português	Francês	Italiano	Lígure
menina	fillette	ragazzina	garsuneta
mergulhar	plonger	tuffarsi	ciumba
morangos	fraises	fragole	mereli
mover-se	bouger	muoversi	bulegá
mureta	muret	muro a secco	maisdjé
N			
namorado	fiancé	fidanzato	giuve
O			
olhar de esguelha	reluquer	guardare di sbieco	smitchiá
ousar	oser	osare	incalase
ovelha	brébis	pecora	fea
P			
papear	papoter	chiacchierare	barbatà
pastelão	pastis	pasticcio	paciügu
pedaço	morceau	pezzo	toccu
pedra	pierre	pietra	pria/baussu
pedregulho	ghiaia	gravin	scaieura
pinto	bitte	cazzo	belin
pó	poussiere	polvere	purve
pôr do sol	coucher de soleil	tramonto	lampecan
pororoca	???	???	stchiümáira
poste	poteau	palo	scarassa
puta	putain	puttana	bagaxia
Q			
quase	presque	quasi	ascaiji
quebrar	casser	spezzare	struxiá
R			
rasgar	dechirer	strappare	sgara
relaxar	relaxer	rilassarsi	arexioura-se
resmungar	ronchonner	rognare	mugunhá
rolar	rouler	rotolare	arrubata
ruela	ruelle	vicolo	caruidgiu
S			
sal. de tomates	sal. de tomates	insalata di pomodori	cundiún
salpicar	eclabousser	spruzzare	sbetecà
sopapo	gifle	schiaffo	mascá
susto	sursault	spavento	ressautu

Português	Francês	Italiano	Lígure
		T	
tia	tante	zia	lala
tio	oncle	zio	barba
tropeçar	trébucher	inciampare	ingambarase / ingalutase
		U	
um pouco	un peu	um po'	ina stissa
		V	
vantar-se	vanter	vantarsi	braghedjà

Agradecimentos

a
Alessandra Rossi
Bernardino Rodriguez
Charles Marar
Dado Salem
Gian Luca Bertinetto
Helio Pereira Bicudo
Marco Lorenzi
Tullio Santini
Umberto Nigi,
aos quais devo idéias, opiniões, frases, episódios,
a
Claudio Valentinetti
Gianni Carta
Giancarlo Summa
Maria Eugênia Raposo da Silva Telles
Miguel Reale Jr.
Riccardo Carucci

Samuel MacDowell de Figueiredo
Sueli Gandolfi Dallari
por terem lido e comentado meu texto,
a
Dalmo de Abreu Dallari
pelos textos da orelha e da apresentação à imprensa
e a
Angel Bojadsen e à Estação Liberdade
por tê-lo publicado.

Outras obras do autor

O transitário e o transporte internacional no Brasil (1977)

Desarmamento ou holocausto nuclear (1983)

Crianças mal-amadas (1985)

A prostituição infantil no Brasil, e outras infâmias (1987)

O espelho do alfaiate (1992)

Ai miei amici con affetto (1996)

La persistenza della memoria (2000)

Uma Rosa para Púchkin (2003)

O Brasil de ferro e aço. Comédias e tragédias da mineração e da siderurgia brasileira (2004; co-autoria Luiz Antonio de Araújo)

Se a moda pega... (2005)

ESTE LIVRO FOI COMPOSTO EM SIMONCINI
GARAMOND CORPO 11,6/16,8, COURRIER
11,6/18,6 E HELVÉTICA NEUE 11/16,8 E
IMPRESSO SOBRE PAPEL OFF-SET 70 g/m² NAS
OFICINAS DA ASSAHI GRÁFICA, SÃO BERNARDO
DO CAMPO – SP, EM NOVEMBRO DE 2009